KB265388

입과 門

입과 문(門)

초판 1쇄 인쇄일 _ 2006년 9월 15일
초판 1쇄 발행일 _ 2006년 9월 25일

지은이 _ 이상군
펴낸이 _ 최길주

펴낸곳 _ 도서출판 BG북갤러리
등록일자 _ 2003년 11월 5일(제318-2003-00130호)
주소 _ 서울시 영등포구 여의도동 14-5 아크로폴리스 406호
전화 _ 02)761-7005(代) | 팩스 _ 02)761-7995
홈페이지 _ http://www.bookgallery.co.kr
인터넷 한글주소 _ 북갤러리
E-mail _ cgjpower@yahoo.co.kr

값 9,000원

* 저자와 협의에 의해 인지는 생략합니다.
* 잘못된 책은 바꾸어 드립니다.

ISBN 89-91177-24-7 03810

실버북 갤러리 ❷ SilverBook Gallery

웅천(熊天) 이상균 수상집

입과 門문

그 시절 그 때의 얼굴들

BG 북갤러리

현대 사회가 고령화사회로 변해가면서 노인문화에 대한 관심이 날로 높아지고 있습니다. 그러나 관심이 큰 반면, 실제 노인들을 위한 놀이와 문화, 관련도서 출판 등은 부족한 것이 현실입니다.

도서출판 〈북갤러리〉는 이러한 노인들의 생활에 필요한 '실버북(Silver Book)' 도서출판에 지속적인 관심을 갖고자합니다. '실버북 갤러리'는 어르신들의 젊은 시절 경험과 생각, 삶의 철학 등을 책을 통해 다른 사람들에게 전달하고 대화하는 장(場)이 될 것입니다.

도서출판 〈북갤러리〉는 앞으로 정치, 경제, 사회, 교육, 문화, 예술 등 각 분야에서 젊은 시절 왕성하게 활동해오신 어르신들의 다양한 정보와 지식을 '실버북 갤러리'를 통해 담겠습니다. 출판의 새로운 흐름인 이러한 '참여출판문화'는 어르신들이 쓰신 글을 책으로 출판, 고령화에 접어든 분들은 물론 젊은이들까지를 포함하는 독자층을 형성해 나갈 것입니다.

여러분들의 따뜻한 애정과 지속적인 관심바랍니다.

＊＊＊

'실버북 갤러리'의 그 두 번째 도서인 《입과 門(문)》은 교직자로서 살아오신 웅천(熊天) 이상군 님이 그동안 일선 교육현장에서 보고, 느끼고 살아온 생활 글들을 엮은 수상집(隨想集)입니다. 일제시대 일본인 선생들로부터 교육을 받았던 내용에서부터 이후 교육현장에서 학생들을 보살핀 교직자로서의 삶 그리고 교육계를 떠난 근래의 일들까지 여러 생각과 몸소 실천한 생생한 현장의 소리들이 담겨있습니다.

해방 전까지 교원으로서의 삶을 살다가 퇴직하고 해방 후 일제가 없는 우리 교단에 다시 섰으나, 일제 하의 극성 교원이 관(官), 장(長)이 되어 그 제도와 방법이 일제의 구태(舊態) 그대로였던 것에 분개한 저자는 그때부터 시(詩), 산문(散文), 시평(時評) 등을 쓰기 시작하여 권위 있는 문학계의 평(評)을 받으며 여러 잡지에 실었던 작품들을 모아 이번에 출판하게 된 것입니다.

자전적인 내용도 함께 담고 있는 이 수상집은, 연세 드신 어르신들에게는 힘들고 어렵게 살아온 삶이었지만 소박한 이들끼리 그래도 정겹게 살았던 과거시대의 향수를 불러일으킬 것이며, 젊은이들에게는 우리 선대들께서 살아온 근대 어려운 삶의 모습들을 간접 체험할 수 있는 좋은 기회가 될 것입니다. 특히 일제시대와 6·25 전쟁을 겪지 않은 요즘 세대들은 이 수상집을 통해 혼란과 격동기를 살아온 자신의 아버지, 어머니 또는 할아버지, 할머니의 생활 역사를 읽을 수 있습니다.

도서출판 〈북갤러리〉 편집부

나의 '입과 문(門)'을 생각하며

여기 묶은 것들은 내가 교단(敎壇)에 다시 서면서(1952년~1969년) 여러 잡지에 실었던 작품들을 게재한 것과 퇴단(退壇), 퇴사(退社) 후의 상념(想念)과 추상(追想)들이다.

이를 손질하는 과정에서 나는 글 쓰는 분들의 그 정력(精力)과 끈기와 예지에 놀라움을 맛보았다.

그렇다고 그 땀과 혼(魂)으로 빚은 것들이 그만한 값을 세상 사람들에게 인정받느냐는 차치(且置)하고 나의 경우 10년, 20년 전의 것은 물론 어제 쓴 것이 오늘 보면 치졸(稚拙)하기 그지없어 스스로 얼굴 붉힘을 어이하랴.

그럼에도 본의(本意) 아니게 내 초고(草稿)가 인쇄되어 나간 일에 대해 죄인(罪人)이 된 심정이다.

일정치하(日政治下)에서도 꿈이 많았던 나는 법률(法律) 서적을 탐독하고 식량난(食糧難) 해결에 일조(一助)한답시고 야생식물(野生植物)을 수집, 연구한 적도 있었다.

그러던 내가 해방이 되면서 친구들과 어울려 문학, 철학, 예술(각

본, 시나리오 등) 등 불확실한 방향에 빠졌었다.

20대 중반에 6·25를 겪으면서 나는 안정된 직업을 생각한 끝에 왜정 말 몇 년의 교원(敎員) 경력을 밑천으로 다시 교단에 서게 되었다.

왜정 말기 일본인(이하 일인) 교장과의 알력(어린 학생의 근로동원 반대와 판에 박은 성전 완수 훈화 등)으로 해방 1개월 전에 사직했던 나는 다시 선 우리 교단에 기대했었다. 그러나 그날(일제 하)의 극성(결전 교육) 교원이 관(官), 장(長)이 되어 말로는 민주 교육을 표방하면서 그 제도와 방법은 구태 그대로였다. 아니 자유라는 이름으로 부패, 부조리는 더욱 심화되어 끝이 보이지 않았으니 나의 이 길에 회의하지 않을 수 없었다.

그 무렵부터 나는 시(詩)니, 산문(散文, 수필)이니, 시평(時評)이니를 다시 쓰기 시작했는데 그것이 때에는 활자화되어 사계 권위(원로)의 평(評)에도 오르게 된 것이다.

그 낙수(落穗)가 여기 묶은 '1부 교직단상(敎職斷想)'으로, 미완(未完)인대로 오늘에 이른 것이다.

이제 내 석양의 놀에 서서 인생이란 거대한 굴레를 관조(觀照)하는 무료한 마당, 그동안 잊히지 않는 친구들과 사라져 가는 그 시절의 그림자를 '2부 비망(備忘)의 노트'로 엮고 나서 그 사이 두서 없이 여닫다가 머지않아 다물 일인 나의 '입과 문(門)'은 바로 열고 닫았는지 자문(自問)해 본다.

2006년 7월

이상군

/차례/

편집자 도움말 • 4

머리말 • 6

1부　교직단상(敎職斷想)

─ 1장　스승과 교원(敎員) ⋯⋯⋯⋯⋯⋯⋯⋯⋯⋯⋯⋯⋯ 15

입과 문(門) • 15

소독 솜 • 19

여드름 • 22

고서(古書) • 26

지관(地官) • 30

겸양(謙讓)의 미(美) • 34

분수 • 37

마라 • 40

아침바람 • 42

빛 없는 별 • 44

역속(逆俗) • 46

일기가성(一氣呵成) • 49

돈과 선생 • 51

불난 이야기 • 55

금주명(禁酒銘) • 77

나사(螺絲) • 80

2장 은어(銀魚)와 병사(兵士)의 노래   83

호칭(呼稱)과 거래어(去來語) • 83

은어(銀魚)와 병사(兵士)의 노래 • 87

서울 쥐 • 90

기지촌변(基地村邊) • 95

몽상(夢像) • 100

주(主)와 객(客) • 113

여주(驪州) 유정(有情) • 116

추억(追憶) 길 • 119

3장 낙서과외(落書課外) 1·2·3…   131

목소리 / 춘몽(春夢) / 미완성품 / 음주형(飮酒刑) / 더 나가면? /
나그네 길 / 욕망 / 연가(戀歌) / 어떤 미련 / 소중한 그 말씀들 /
할아버지의 악기 / 이순신과 거북선 / 유한(有恨) / 상처(傷處) /

고속도로가 트이던 날 / 형식과 내용 / 왜곡(歪曲)의 현장 / 언청이 / 꿈 / 천진(天眞) / 야간병원 Ⅰ / 겉과 속 / 백(白)돼지 꿈 / 야간병원 Ⅱ / 신(神)과 인간 사이 / 소설가 M씨와 개 / 평준화시대 / 시(詩)·시인(詩人) / 야간병원 Ⅲ / 어제의 수첩 / 제3세계 / 착각 / 인간 / 유행 / 자유 / 동방예의지국 / 생일 케이크 / 고급 비연간(悲戀歌)? / 국제화(國際化) / 패전(敗戰)은 망국(亡國)이 아니다

2부 비망(備忘)의 노트

— 1장 S·H 병원 당직기(當直記) ·········· 147
제1기(記) 수습과장 • 147
제2기(記) 하나뿐인 인명 • 153
제3기(記) 춘래불사춘(春來不似春) • 159
제4기(記) 인술(仁術)의 한계 • 165
제5기(記) 보직을 기다리며 • 173
제6기(記) 당직과장 • 177

─ 2장 그 사람은 지금 어디에 ································ 183

찬(贊)이 • 183

충(忠)이 • 188

철(哲)이 • 191

C선생 • 195

H선생 • 198

─ 3장 멀어진 그날들 ································ 203

매미소리 • 203

곰재의 진달래 • 206

보리밭 • 209

사쿠라(벚나무) • 211

왕봉과 용못 • 213

외삼촌과 홍의(洪醫) • 216

수몰전야의 평라리(平羅里) • 222

야학과 농촌진흥회 • 230

또개와 체부 • 233

박(朴)영감 • 235

1968년 인천 부평 서초등학교 시절,
'산정호수'에서 필자(맨 왼쪽)와 동료

1부

교직단상(教職斷想)

1장 스승과 교원(教員)

2장 은어(銀魚)와 병사(兵士)의 노래

3장 낙서과외(落書課外) 1·2·3 …

1장

스승과 교원(敎員)

입과 문(門)

　얼굴에서 첫 인상이 강렬한 곳은 얼굴 윤곽이나 크기 또는 이마 같은 넓고 큰 부분보다도 비교적 좁고 작은 부분인 코, 귀, 눈, 눈썹, 입 따위가 아닐까.

　그 중에서도 눈은 옛날에도 용맹을 떨친 장수일수록 매서워서 상대방을 위압했다는 예가 동·서를 통하여 사실로 전해내려오기도 한다.

　뿐만 아니라 이른바 저명학자, 정치가, 예술가, 교육가, 행정가, 실업가 등등에 이르기까지 그런 눈에서의 인상은 예나 이제나 다름이 없을 것 같다.

그런데 그 눈과 삼각의 정점 위치에 있는 입 또한 그에 못지 않게 나에게는 강렬한 인상을 주는 부분이다.

벌써 20년 전의 일이지만, 내 학교시절에 Y(일인)라는 선생의 강의시간은 지루하기로 유명했다.

"에— 또오…."

"마— 그러니까…."

말하는 쪽쪽 입술에 침을 바르던, 퍽 깡마른 체구에 불쑥 튀어나온 광대뼈가 더욱 양 볼을 함몰케 한데다 그 영향으로 돌출된 듯한 뾰족한 삼각형 모양의 입이 아래 턱 쪽에 처져 붙은 인상이 여자 아닌 우리 남학생들의 눈에도 우선 보기에 매력이 없었던 모양이다.

"야— 공민 시간, Y의 침 바르는 시간이다!"

여기저기서 수군거리는 소리가 들릴라치면 짓궂은 학생은 재빨리 지우개 따위를 출입문 틈에 끼워놓고 제 자리에 돌아와 앉아 시치미를 떼고 기다려 있기였다.

이윽고 드르륵 문이 열리며 툭, 지우개가 Y선생의 머리를 친다.

"누구냐? 이놈들!"

실눈을 치켜뜨고 걷잡을 수 없이 나대지마는 그에 반해 학생들은 누구하나 대꾸하기는커녕 담담히 앉아 Y선생의 모습, 특히 입 언저리를 관상할 뿐이다.

이때 Y선생에 있어 입 외에 무척 신경을 쓰는(?) 또 다른 부위가 있었으니, 그것은 유독 길고 튀어 나온 이(齒)이다.

화나는 대로 그저 호통만 치고 있다가는 '입' 이 아닌 '이' 의 입이 우려되는지라 적당히 마무릴 수밖에….

"음, 도대체가…."

Y선생은 결국 자위(?)상 더 이상 시간을 낭비할 처지가 아니라는 듯 한마디하고는 이제껏 소홀했던 입술에 침을 발라 정리를 시작하는 것이었다.

그런데 어쩐 일인지 요즘 나에게도 내 자신의 입에 대해 퍽 불안을 갖게 된 것은 무슨 까닭일까.

'남의 허물을 보고 나를 바로 잡아라' 는 말도 있지만, 분명히 20여 년 전의 그 Y선생에게서 받은 입의 인상을 의식해서가 아니고 그렇다고 내 입에 자신을 잃어서도 아니다.

그것은 언제부터인지 나도 모르는 사이에, 특히 공식석상에서나 초면인 사람 앞에서는 몸이 불편할 때 입술이 말라서 침을 바르는 생리적인 그런 따위가 아님에도 의례 입에 신경을 쓰는 버릇이다.

'제가 말씀드리지요' 하고는 입을 다물고 '초면에 실례가 많습니다' 하고는 입을 다물던가, 입술에 침을 바르는 일이 그

것이요, 그를 또한 내 자신이 의식하기에까지 이르렀으니 어
찌하랴.

　지금으로부터 30여 년 전 내가 초등학교 4학년 때라고 기억
하는데 M(일인)이라는 담임선생이 생각난다.
　어쩌면 그 분이야말로 오늘의 나를 입에 대해 신경 쓰게끔
만든 장본인이라고 생각해 본다.
　나이 50에 가까운 M선생은 지금 내 생각에 엄격했는지 해학
이 능했는지 여하간 재미있는 분이었다.
　'입을 헤― 벌리고 다니는 바―보'를, 억양을 가미한 말과
몸짓으로 실감나게 표현하는가 하면 칠판에 약화(略畵) 원시
인(미개)의 튀어나온 입과 헤― 벌어진 두툼한 입술 등을 그려
우리를 한바탕 웃겨놓는가 하면, 재빨리 그를 지우고 거기에
'凵'자를 크게 써서 긴장시키는 등 색다른 교육기술(?)로 우리
로 하여금 입에 관심을 갖게 했던 것이다.
　그 무렵부터 나는 입을 꼭 다물고 다녔고 밤에 잠자리에서도
입 벌리는 바보가 안 되려고 신경 썼다.
　뿐만 아니라 남의 입 모양과 빛깔 등까지 은연중에 관상(?)
하는 버릇도 생겼으니, 코와의 사이가 너무 멀거나 가까운 입,
둥근 입, 긴 입, 처진 입, 세모, 네모에 크고 작은 입이 있는가하
면 그의 입술도 두텁고, 얇고, 각기 다르며 빛깔 역시 다양하다.

그러나 나는 그 입들의 정형(整形)을 왈가왈부하려는 게 아니다.

눈이 지혜와 의지의 창구라면 그와 삼각의 정점 위치에 있는 입은 먹고, 마시고, 호령하고, 깨우치고, 아우르고, 사랑을 불태우는 등 대중적, 일상적, 실용적인 인간 개체의 종합실무 정문(正門)이랄까.

Y선생이 침을 바르며 인륜(人倫)을 강술(講述)하고 M선생이 단속을 강조했듯이 삐뚤어졌어도 바로 해야 할 그 말 문(門)인 입은 내가 세상을 살며 관심이 아닐 수 없기 때문이다.

(1966. 11)

소독 솜

30여 년 전 초등학교 3학년 때로 기억하고 있는 담임 P여선생님의 손을 나는 잊을 수 없다.

내가 누워있는 곳이 숙직실 조그마한 요 위였음을 안 것은 유리창에 부딪고 쓰러진지 몇 시간 지나서였으리라.

그것은 파란 여름 하늘이 학교 지붕 한 구석에 빠끔히 열려

하오의 그림자가 느른히 내려앉은 것을 나는 멀거니 바라보고
있었기 때문이다.

　P선생님이 내가 눈뜬 것을 발견한 것은 내가 P선생님이 나
의 곁에 있음에 놀란 뒤였다.
　나는 다시 스르르 눈을 감았다.
　선생님을 바로 대할 힘(면목)도 없을 뿐더러 앞일이 자꾸 두
려워지기 때문이었다.
　나는 가냘프게 신음소리를 내며 자리를 돌아누우려고 몸을
틀었다.
　그것은 내 코가 터졌다는 아픔보다는 P선생님의 시선을 피
하려는 마음의 아픔에서였다.
　그러나 뜻밖에도 그것이 도리어 P선생님의 시선을 바로 끌
어온 결과가 될 줄이야!
　"가만히 누워있어, 응….”
　P선생님은 나의 머리를 가만히 짚으시며 귀에 소곤거리셨다.
　나는 더 참을 수가 없어 얼굴을 요 위에 묻고 그만 헉하고 흐
느끼고 말았다.
　"몹시 아파요?”
　이윽고 나의 볼에 P선생님의 따스한 입김을 느끼는 순간 나
의 눈에서는 걷잡을 수 없이 눈물이 쏟아지고 있었다.

"울긴 왜…."

나는 그때의 천사와도 같은 P선생님의 음성이 지금도 귓속 깊이 스며 있는 것으로 믿는다.

나는 P선생님에게 우는 나를 더 보이고 싶지 않았다.

눈물을 꿀꺽꿀꺽 삼키느라 흔들리는 어깨를 억제하며 눈을 감고 숨소리를 죽였다.

"이제, 잠이 드나보군…."

나직이 말씀하시며 일어선 P선생님이 드르륵 미닫이를 여시는 순간 약 냄새가 내 코를 콕 찔렀다.

"선생님, 안 아파요!"

"아니, 콧등이 저렇게 부은걸."

"싫어요, 그만둬요."

그러나 눈을 크게 뜨시고 나를 돌아보시던 P선생님은 하얀 솜조각을 들고 내 곁에 다가오셨다.

"갈아붙여야 낫지…."

나의 콧등에서 약과 피가 뒤범벅이 된 천 조각을 조심스럽게 떼어낸 P선생님은 새 솜조각을 정성스레 상처에 붙여 주시고 이마를 짚어보셨다.

"가만히 누워있어요."

그때 소독 솜보다도 나의 담임, P선생님의 깨끗하고 포근했던 손길을 나는 지금도 내 이마에 간직하고 있다.

(1964. 1)

여드름

B중에 다니는 올해 16세인 병수의 얼굴에는 보기 흉할 정도로 여드름이 돋아났다.

원래 내성적인 그는 거울을 대할 때마다 실망하고는 남몰래 괴로워했는데, 그 중에도 특히 예쁘게 생긴 여학생 앞에서는 열등감을 더욱 강하게 느꼈다.

그러는 어느 날 그가 학교에서 돌아오는 길에 두 얼굴이 반쯤 노출된 사진 봉투가 길에 떨어져 있는 것을 발견했다.

언 뜻 여학생으로 보이는 그 사진 봉투를 얼른 집은 병수는 교복 윗주머니에 집어넣고 바삐 걸었다.

'아무도 못 봤겠지….'

주머니 속에 집어넣은 사진을 생각하며 흐뭇한 마음으로 집에 돌아온 병수는 가방을 놓기가 무섭게 그 사진을 끄집어냈다.

과연 단아하게 폼을 잡고 앉은 두 여학생(K고녀)은 한결 아름답다.

병수는 누가 볼세라 사진 봉투를 자기 학생 수첩에 고이 끼워 다시 교복 윗주머니에 넣고 방안을 휘 둘러보고는 거울 앞에 다가갔다.

'이, 여드름….'

하지만 그의 어깨는 으쓱 힘이 솟는 것을 느꼈다.

그 무렵 을지로 K극장에서 C여배우가 나오는 국산 영화가 개봉되었다.

마침 오전 수업으로 끝나는 날 병수는 같은 반 수영이를 꾀어내어 함께 극장 뒷문을 밀치고 들어갔다.

어둠 속에서 어릿어릿 사람들의 틈을 비집고 극장 안에 들어선 병수는 화면에 나타나는 아리따운 여배우의 모습이 나타날 때마다 수첩 속의 여학생이 떠올라 윗주머니에 손을 얹어보곤 했다.

그렇게 십분 정도 지났을까. 별안간에 병수의 뒷덜미를 턱치는 사람이 있었다.

"학생, 수첩 내놓아!"

"예?!…."

얼떨결에 병수가 수첩을 건네준 사람은 수학 선생 C(일인)였다.

이튿날 학교에 간 병수의 마음을 조이는 것은 학생수첩을 빼

앗긴 것보다도 그 속에 끼워있는 사진이었다.

아니나 다를까 교실 조회가 끝나고 담임 K선생이 병수에게 방과 후 상담실에 들르라는 말을 남기고 교실을 나갔다.

방과 후 상담실에는 K선생이 미리 나와 앉아 있었다.

"너, 어제 영화관에 갔었지?"

"예…."

"학교에서 관람 허가가 있었나?"

"아—뇨."

"그럼 누구의 허락을 받았지?"

"……"

"학교 규칙을 위반했으니 어떻게 되는 줄 알지?"

"예, 압니다…."

"그건 그렇다 하고…."

K선생의 말에 머리를 번쩍 든 병수의 눈이 K선생의 눈과 부딪쳤다.

"예, 예, 압니다. 선생님…."

거기서 끝내주었으면 하는 병수의 간절한 바람은 아랑곳 않는 K선생은 자세를 바로 잡아 병수를 겨냥했다.

"그 수첩 속의 사진은?"

다그치는 K선생의 엄숙한 목소리에 병수는 화끈거리는 얼굴을 떨어뜨린 채 모기만 한 소리같이 중얼거렸다.

"선생님, 그것은 저…."

"솔직히 말해봐. 나두 너만한 자식이 있단 말야. 나를 속일 작정이냐?"

이때 K선생의 목소리는 병수의 귀에 꼭 아버지의 그것같이 부드럽게 들렸다.

"아닙니다. 그것은 길에서…."

"뭐? 길에서? 너 훈육부 Y(일인)선생에게 가고 싶어!"

"정말입니다. 길에서…."

눈물이 핑 돈 병수를 잠시 쏘아보던 K선생은 학생수첩에서 그 사진을 뽑아들고 병수 코밑에 들이밀며 낮은 목소리로 말했다.

"정히 그렇다면 좋다. 유니폼이 K고녀렷다…. 내가 돌려주고 사과해야지…."

"선생님, 그건 제가…."

"아니야, 내가…."

"서, 선생님!…."

K선생이 의자에서 일어서려 하자 소파에서 미끄러져 내려앉은 병수가 사뭇 K선생의 양복 가랑이라도 잡을 듯이 두 손을 헤저으며 울부짖을 때 똑, 똑, 똑 노크 소리와 함께 문이 열리며 두 여학생이 들어섰다.

"아빠!"

"아빠!"

힐끗 여학생들을 본 K선생은 쥐고 있던 사진을 얼른 수첩에 끼워 병수에게 건넸다.

"그래, 네가 돌려줘라."

창 너머 석양에 병수의 여드름이 더욱 달아올랐다.

(1966. 1)

고서(古書)

벌써 삼십여 년 전의 일이지만, 내 어릴 적 일이 요즘 곧잘 머리에 떠오른다.

한지로 몇 번이나 싸고 싼데다 손때가 묻어 얼룩지고 누렇게 핀 겉장이 저격저적 소리나는 그 책에서는 퀴퀴한 냄새까지도 풍겼지만, 할아버지는 항상 그것을 펴놓으시고 들여다보시거나 목침 언저리에 놓고 주무시던 모습이 지금도 눈에 선하다.

그도 그럴 것이 그 책은 동네의 많은 사람들의 운수풀이에 없어서는 안 될 귀중한 자료(?)이기 때문이다.

"곧 돌아올 괘니, 땅거미 질 무렵을 기다리래라."

"남방에 은신할 데가 있으니…."

"갑자, 을축하고…."

때에 따라서는 손가락도 짚어 가시며 돋보기 너머로 이웃집 아낙네의 얼굴을 치켜보시며 걱정해 주시는 표정도 지어 보이셨다.

그러나 지금 내가 알고 있는 할아버지는 소위 점쟁이는 아니었고 다만, 한학에 조예가 깊은 문장가이셨다.

그러기에 당시 동네 어린이는 물론 어른들까지 한문과 서도(書道)를 배우는 선생님, 그것도 우리 사랑방에서 가르치는 일은 퍽 드물고 먼 고장에서 모셔다가 독선생으로, 마을의 선생으로 계시게 했던 까닭에 나이 많은 사람들도 '선생님' 이라 부르던 사실을 나는 기억하고 있는 게 아닌가.

"예, 우리 선생님 댁을 지나쳐 갈 수가 없어서…."

허리가 굽고 머리카락이 허옇게 센 영감이 할아버지 앞에 조아리고 앉아 이렇게 말하던 모습이 당시 나의 눈에는 퍽 이상하게 보였다.

그런 '선생님 할아버지' 는 어린 나에게도 한문을 가르쳐 주셨는데 여섯 살 때 천자문을 완전히 외운 나를 칭찬하시고 그 밖의 어려운 책이 많다하시며 계몽편, 동문선습, 통감, 대학, 중용, 시전, 서경, 논어, 맹자 등등 여러 가지 책이름을 알려주셨지만, 그 손때 묻은 책의 이름은 말씀하시지 않으셨다.

그런데 해방 직전 내가 K학교에 있을 때 F라는 일인(日人) 교사와 사귀면서 '주역' 이란 책이 점서에 속한다는 것을 어렴

풋이 알게 되어 할아버지의 그 때묻은 책이 역경이 아니었던
가도 생각하게 되었다.

F선생은 소위 그 자신이 말하는 운명학(運命學)의 광신자
였다.

"L군, 저 사람 좀 보게. 이름이 그 따위니 꼴이 저렇잖아?"

M이라는 교장(일인)의 체구가 균형이 잡혀있지 않다는 점
을 들어 F가 나에게 하는 말이었는데, 그렇듯 그는 자기 소신
을 펴는데 성역이 없었다.

"저 머리 나쁜 도오죠오가 불장난을 일으키고는 머지않아 나
한테 머리 숙이고 올걸."

등등 자기 조국의 최고 지도자에 대고 거침없이 욕하기가 예
사였다.

"내 이름은?"

"자네 이름? 가마이짜 획이 스물 셋? 넷? 음…. 그저 그래!"

나는 그에게서 강의(?)받는 역(易)의 이론이 알쏭달쏭하면
서도 어쩐지 마음이 그에 끌려만 가고 있었다.

'이마에 十자가 생겼으니, 오늘은 뭔가 좋은 일이 있을 거
야….'

F는 특히 아침에 자신의 얼굴을 거울에 비춰보고는 이렇게
중얼거리기도 하고 자기 교실에 나를 불러 서죽(筮竹)을 사그
락 사그락 갈라 괘상(卦象)을 지어 보이며 설명도 했다.

"건(乾), 태(兌), 리(離), 진(震), 손(巽), 감(坎), 간(艮), 곤(坤)…."

한 괘에 각각 3효가 있고 효를 음양으로 나누어 팔괘가 되고, 이를 거듭해서 64괘가 되었다는 것도 말해 주었다.

그 F의 예언은 결국 8·15의 패전(항복)으로 그럴듯하게 맞아 떨어졌다. 전쟁이 막바지에 이른 몇 달 전, 학교에서 쫓겨났던 그는 미군이 서울에 진주했을 때 일인 통역관이 되어 K도청에서 나와 만났으니 말이다.

그로부터 20년이 넘은 오늘 나는 F선생의 역술이야기 근거를 사전에서 다시 찾아 대충 정리해 보았다.

『유학의 경전, 육경의 하나, 주역이라고도 함. 본시 점서로 경과 전의 그 부분으로 됨. 경은 양효와 음효를 맞춘 6개의 선으로 된 그림에 설명이 붙은 그 그림을 괘라하여 64개, 서죽과 산목을 써서 그림을 구해 길, 흉을 판단, 옛적에는 점치는 방법으로 「卜(거북의 등딱지를 태워 그 균열로 점함)」이 있었으나, 역이 더 합리적이고 심원하다는 점에서 교양면으로 나선 것은 진한 때. 경이 풀이하는 전이 더하여져 전의 수는 열이 되어 십익이라고도 하는데, 이 십익이 가지는 철학적, 논리적 해석이 한무제 이후 유학의 이론적 근거로 원용되고 계사전의 태극에서 음양, 사상, 팔괘 등 우주관은 후세 중국 철학에 영향을 준 바…』

할아버지의 점서(?)와 일인 F선생의 서죽에 의해 지어지던 괘상은 적어도 이런 체계(이론)적 근거에서였으니, 수많은 사람의 운명 개척에 앞서고 있는 훈장과 운명학자에게는 그래서 '선생'이란 이름이 공히 붙는지 모른다.

지관(地官)

"자네, 머리털도 꽤 흉년이군."
"쌀값이 비싸지 않은가?"
"이 사람 또 지각이군!"
"그느무 시계가…."
"자네는 놀아서 어떻게 하지?"
"다른 사람에게 양보하는 거지."
이런 핑계는 흔히 친구 사이에서 있는 농담조의 말장난 같지만 부대끼는 게 곧 삶이 되는 오늘의 우리들에게 공감의 여유를 주는 어설픈 일종의 합리화 기운임에 조소를 자아내기도 한다.
그런데 이 합리화란 차원에서 요즘 나에게 연상되는 것이 있으니, 그것은 지난 봄 어머니의 급서(急逝)로 소위 지관선생을 대한 일이다.

그때 우리 형제들은 갑자기 당한 상사에 슬픔과 뉘우침에 경황이 없었기에, 산소를 모시는 상황에서 지관의 의견은 절대적 권위였다.

"갈마음수(渴馬飮水)라—. 음, 정말 대지요!"

갈파하는 지관 선생의 말은 우리에게 그 이상 더 할 말이 없었으니, 그저 "고맙습니다"였다.

"지금 신체 분들은 이런 것을 다 미신이니, 풍수설이니 하여 웃어넘기지만, 사실 그런 게 아니올시다. 신체 과학이면 단가요."

손때 묻은 지남판을 이리저리 옮겨놓으며, 이렇게 서두를 떼고는 그의 소신이 헛된 것이 아님을 증명하려는 듯 고금을 통해 산소를 잘 모심으로써 당대 발복, 후대 발복하여 고관대작이 속출했다는 명문들을 들어 입에 침이 마르도록 역설하고 난 다음《정감록》의 심오함과 참서(讖書)에 관한 이야기까지 듣고 나와 나름의 해석을 내리는 것이었다.

그 열변은 마치 저 그리스 초기의 프로타고라스, 고르기아스의 뒤를 이은 소피스트(Sophist)나 중국의 공손용을 연상케 했으니, 초야(草野)에 묻힌 우리 지관 등 변론가의 광장은 어디에 있단 말인가.

소피스트는 급기야 초기 아테네 문화발전에 끼친 계몽적 공적을 상실하고 종당에는 도덕의 파괴자가 되었다지만….

"정감록에는 6·25 피난처도 나와 있지요."

지관 선생은 쉽사리 그 능변열이 가시지 않는다.

"그렇지만 우리가 그것을 잘못 풀이해서 희생이 많았지요."

"풀이가 문제군요."

나는 너무나 논리에 벗어난(?) 글귀 풀이가 엉뚱하다고도 느껴졌지만, 그의 화술(能辯)에 끌려 그런 대로 흥미 있게 경청하고 있었다.

"옳은 말씀이요. 거 해석이 더 중요하다는 게 뭡니까? 그러기에 꿈도 풀이하기에 달렸다지 않아요?"

이쯤 되면 소위 세상의 예언(점술)가란 특이한 인물이 아니더라도 적당한 나름의 믿음을 합리화하고 변술로 버무리는 따위 만능 해석가로 변신될까 염려된다.

그러나 그는 양인(洋人) 프로타고라스나 고르기아스가 아니요, 그리스 후기의 소피스트가 아닌 겸허하고 중후한 우리의 지관 선생이었다.

이태조 등극 당시 무학스님의 해몽비법을 비롯하여 일국일조(一國一朝)의 융성, 홍망, 퇴소를 점친 고승, 현인들의 점친 인간사에 있어 발복(發福), 입신, 출세에 얽힌 그럴싸한 진담(?), 기담을 털어놓고는 '그 모두가 우리보다 훌륭한 분들의 가르침이니 틀리는 말씀이 있겠습니까? 지내 놓고 보면 다 옳은 말씀인데, 우리가 어리석어서…' 라고 매듭을 짓는 지관의 음성은 더욱 다정스럽고 친밀한 느낌이었다.

그것은 고학 지존시대인 오늘의 각박한 인간성이 흔히 자찬과 교만 그리고 가식 허세로 기존의 식서(識書)쯤은 아예 고물의 손때로 여겨 거들떠보지도 않는 경향에 비춰 우리의 고사나 이를 아끼고자하는 순수한 그의 마음가짐이 나에게 고맙고 반가운 교훈이었기 때문이리라.

그런데 그로부터 한 2년 후 내가 교실에서 수업을 하고 있을 때 한학에 조예가 깊다고 알려진 K라는 학부형이 복도 창가에 서 있는 것을 본 나는 얼른 교단에서 내려 목례를 건넸다.

그러나 그는 내 인사를 받는 둥 마는 둥 칠판을 가리키며 소리쳤다.

"무슨 저런 글자가 있소!"

사뭇 교실에 뛰어들 기세로 다그치는 바람에 나는 그의 기를 가라앉히며 칠판을 돌아보았다.

아뿔싸, 우리 역사를 빛낸 애국투사의 함자 중 '토(土), 사(士)'가 엄연히 구별되는 것을 분간키 어려울 정도로 갈겨 쓴 것이다.

자만과 무심을 뉘우친 나는 K학부형이 돌아간 후 5년이 지난 오늘도 당시 그의 부릅뜬 눈이 내 눈에서 떠나지 않으니, 정넝 나의 스승은 지관 선생과 K학부형인지 모른다.

(1965. 1)

겸양(謙讓)의 미(美)

지난해 이맘때니까, 명색이 송년 연이었는지. 학교동창 등 여러 친지들과 술잔을 기울이며 주고받던 이야기가 생각난다.

"흥, 거 모르는 소리!"

"… 등쳐먹던 것은 벌써 구세대야."

등등 한 하급 공무원의 말이 어쩐지 이제껏 뇌리에 틀어박힌 채 통 잊히지 않으니, 속말에 사돈네, 강아지 그제야 눈떴다는 격이었다고나 할까.

"요즘 세상에서는 앞뒤를 재보고 알맞게 등을 치되 두들겨서 얼마나 맞추느냐가 문제지요."

요령이라며 그럴싸한 예를 들은 그의 이야기가 아마 내 귀에는 퍽 신기해서였는지 모른다.

속담에 ××뀐 놈이 큰소리친다지만 유독 기가 살아 자신 만만한 놈에게는 냄새를 막는 고수의 보호막이 있기 마련이니, 아예 건드리지 말아야 한다는 요즘 세상에서의 행동원리(?)같은 것도 덧붙였다.

사실 그도 그럴싸한 것이 그 하급관리가 그야말로 쥐꼬리만한 봉급으로 처자를 남 못지않게 거느리고 항상 기름이 잘잘 흐르는 머리에 철따라 번드레하게 양복이라도 걸치고 다니는 것을 보면 그의 기발한 세상살이가 적이 부럽기도 하고 새삼 나의 외곬수가 한스럽기도 하다.

그런 풍조가 넘쳐흐르는 이 마당이 소위 구세대를 탈피하여 신세대라면 그 조류를 억세게 부려 못타는 위인은 스스로도 모르는 사이에 어느 한 구석에 밀리어 종당은 쓰레기로 사라질 것이 뻔하다.

네 것은 내 것, 내 것은 내 것을 탐식하는 꺽달진 신세대, 그리고 보면 북적이는 시장판은 물론 좁다란 거리, 비좁은 한 좌석에도 주인이 많고 감독이 많고 또 그 위에 절대불가침(絶對不可侵)의 군림이니, 아우성과 욕설이 터져 넘침이 희연이 아니리라.

"이봐, 주인은 나란 말이야, 나!"

머리와 어깨와 가슴과 엉덩이와 발길까지 발작하는 것이 초현대 임자의 장한 표상이란다.

사실 거리에서 뭇사람의 체취에 취하고 비좁은 좌석에 끼어 휘둘리고 아귀다툼에 끼어들어야 하는 것이 오늘의 우리 삶이고 보면 겸손의 자리 따위가 있을 수 없다.

가(假)와 진(眞) ― 광장은 바야흐로 소용돌이치며 소위 세

대는 교체되고 있으니, 그 누가 이 바람을 막으랴마는 어쩌면
그것은 신(新), 구(舊)의 조화가 지양되는 한 차원의 요동일지
모른다.

"노세, 노세 젊어서 놀아…."

젓가락 장단에 맞추어 신나게 부르던 친구가 벌떡 일어나서
덩실덩실 춤을 추다가 나의 소매를 끈다.

"L선생, 나 젊었소!"

39세인 그가 40세인 나에게 건네는 말이었다.

"아니, 누구는 늙었나?"

"L선생은 40대, 나는 30…. 끅끅."

그는 눈곱이 낀 충혈된 눈을 깜박이며 혀 꼬부라진 소리로
중얼거리다가 그만 벽에 머리를 부딪고 쓰러진다.

"어이, R. 늙었구먼…."

빨간 노타이의 동갑네 B선생이 그를 일으켜 자리에 앉힌다.

나이 40에 육박하는 R선생의 초조감에 대한 공감, 늙음에 대
한 불안이 빚는 그의 회춘(回春)욕 같은 것을 나는 그의 노래
와 춤에서도 충분히 이해할 수 있는 것 같았다.

그러나 인간이라고 해서 만년 청춘이란 생각할 수도 없으며
그것은 도리어 주책없는 순리 거역이니, 자칫하면 기존 질서마
저도 흔들어 놓음으로써 할아버지(할머니)의 망령(치매) 코미
디 마당이 되지 않을까 염려될 대목이다.

하기야 모(方)났다던 지구가 둥글고 천원(天圓)을 넘어 그 허황하다던 별들의 정복이 신이 아닌 인간의 힘으로 이룩되고 있는 오늘, 우리 기성 인간의 도덕률 폐기인들 없을 손가.

이 어디서 불어오는 바람인지 나는 거리의 열풍 속에 밀려가고 있으려니 헌 것을 버리는 새것을 위한, 새 것에 들뜬 이 마당은 분명 공자(孔子)가 덕을, 예수가 사랑을, 소크라테스가 진리의 소재를 일깨워 주는 자리가 아니다.

그것은 그 시대 그 사회의 치료로 소용된 것들이지 면역된 이 시대, 오늘을 사는 우리에게는 이미 번거로운 유물이 되었는지도 모른다.

그러나 나의 귀에는 아직 들리고 있는 '삼인행필유아사(三人行必有我師)'라.

이 얼마나 포근하고 아름다운 소리인가.

(1964. 10)

분수

퍽 오래된 이야기지만, 저 구라파 유행의 나라 프랑스에서 있었던 일로 기억되는 신문 토픽 기사가 생각난다.

그 내용인즉 우리나라에서는 어쩌면 있는 체할 만한 거액의
돈을 한낱 거리의 거지가 모아 평소 기거하던 그의 깔방석 밑
에 묻어두었던 것을 어느 얌체가 몽땅 털어 갔다는 것이었다.

당시 나는 그런 많은 돈을 걸인이 지니고 있을 정도이니, 프
랑스는 역시 우리들의 수준과는 감히 견주어볼 수 없는 윤택한
나라라는 생각에 적이 부러움마저 느꼈던 것이다.

우리 속담에 '뱁새가 황새를 쫓아가다가는 가랑이가 찢어진
다' 는 말도 있듯이 우리네는 뱁새요, 프랑스는 황새라고 생각
하면 쉬 체념해버릴 법도 한 일이지만 사람에게 그 체념이라는
게 그리 쉬운 일은 못되는 것 같다.

좀 생경한 사례 같지만, 내가 아는 S라는 여인은 미국 유학
의 꿈만으로 십년을 지새워 곁에서 보는 이로 하여금 측은한
느낌마저 갖는 처지였지만, 그렇다고 그에게 뚜렷한 유학 목적
이 있는 것도 아니요, 그저 남이 가니까 덩달아 "여권은 곧 나
오는데…"란 말로 종당은 사람들의 빈축을 사기에 이르렀다.

물론 그 지긋지긋한 후진의 얼 안(테두리 안)을 하루빨리 벗
어나려면 선진들의 앞선 학문이나 기술을 받아들여야 할 것은
우리 국민 모두의 염원임에 틀림없다.

그러나 유학 광적 형태가 우리 국민 자존도 저버리고 단지 개
인의 허영이나 욕구를 앞세운 이기(利己)로 전락됨을 우려한다.

사실 요즘 매스컴을 통해 우리에게 알려지는 것은 그 관문을

뚫고 나간 우리 유학생 중에는 마치 왜정시대 지각없는 몇몇 한국인을 연상케 함으로써 나라의 위신을 깎는, 그것도 같은 동포들의 입에서 흘러나옴은 어찌된 일인가.

그와는 좀 대조되는 이야깃거리 같지만, 몇 년 전에 우리나라의 저명인사가 우리 고유의 의관차림으로 소위 선진 대국의 번화가를 유유히 거닐며 동방 한국인의 풍모를 과시(?)하고 돌아온 코미디 아닌 사실이 있었다.

그는 상투 틀고 갓 쓰고 도포 입던 내 선조를 자랑삼거나 전근대적인 사고와 그에 따른 후진의 모습을 의식하는 따위를 넘어 오직 떳떳함 그것이었다.

의관이나 언어나 풍습이나 생활양식에서 오는 문화가 오늘날 민족의 우열을 가늠하는 유일의 척도는 아닐 것이다. 자고로 동서 고대 문화에 있어 우리는 그 어느 종국이나 종족에 비해 두드러진 유산을 이어받았고 그 해는 지금도 동쪽에서 뜨고 있다.

오히려 흰옷입고 갓 쓰고 도포 입고, 온돌방에서 김치, 깍두기 씹은 우리 선조들의 뛰어난 재질과 건전한 정신 유산(문화)을 우리는 잃어서는 안 될 것이다.

벌써 오래된 일이지만, 내가 학생시절에 읽은 책에서 Y라는 일인(日人) 작가의 '…한국 민족은 문명의 절정에서 내리막길을 가는…' 구절을 기억하고 있다.

그는 한국 문화사를 전공한 사람도 아니요, 또 한국 답사의 목적이 있어 머무른 사람도 아니었다.

다만 중국에 들어가는 길에 부산에 내려 거기에 펼쳐진 우리 국민의 생활, 풍모 등에 접했을 뿐이었다.

그때 그의 육감으로도 포착된 우리의 고도 문화, 그러나 '…내리막길…' 은 무엇을 말한 것이었을까?

어떻게 생각하면 백의행렬(白衣行列)의 퇴조로, 또 어떻게 생각하면 침략자(일인이기에)로서 주체가 무너진 패잔상으로 얕잡은 그런 교만을 뜻함인지 모른다.

그와 같이 우리는 자고로 문화민족이니, 그 자산을 두고 무엇이든 남에게서만 얻으려는 사고(思考)부터 버려야 한다.

유학도 좋고 선진에게 배우는 것도 좋지만, 그것이 목적과 주체 의식 없이 광(狂)으로 끝나거나 사대(事大)에 젖어 '나'를 스스로 포기할 수 없으니, 그것은 우리 개개인의 분담이요, 나아가 민족이 하나로 번성하는 핵분(核分)이기 때문이다.

(1964. 7)

마라

이따금 나에게도 훈장이란 이름으로 대어드는 이가 있다.

정말 범속(凡俗)의 밑바닥만 긁고 사는 나로서는 황감하기 그지없는 말씀이다.

그런데 소위 훈장이라는 이들에게는 그 스스로 진저리가 날 정도의 거의 공통된 학생에 대한 훈육이라는 현장에서의 쓰이는 밑천이 있으니, 그것은 곧 "××하지 마라"이다.

더군다나 단체로 움직이는 운동회 연습이니, 예식 예행연습이니 하여 학생을 대할 때 떠들지 마라, 움직이지 마라, 한눈팔지 마라, 장난하지 마라, 뛰어가지 마라, 떨어지지 마라 등등 이루 헤아릴 수 없는 수다한 '마라'는 마치 마라로 시작하여 마라로 끝을 맺는 느낌이니, 생각해보면 정말 이보다 밑천 없이 대수로운 훈장노릇은 다른데 없으리라.

그러나 소위 우리 훈장들은 그런 일에 이미 면역되었다고나 할까. 싫증이나 허탈감 내지 부자연스러움은 느끼는 적이 거의 없는 성싶다.

어쩌면 그것은 훈장이 학생에게 내미는 유일의 훈봉(訓棒)이라는 믿음에서인지 모른다.

잘은 모르지만, 내가 아는 몇몇 성현(聖賢)들의 말씀에도 '××하는 자에 ○이 오너니라' 든지 '××할 때는 ○○○하라' 든지, '××이 ○○니라' 따위는 분명히 우리들 훈장의 훈육과는 그 형식과 내용이 다르다하겠다.

그렇다고 내가 그들 성현이나 철인(哲人), 교육의 권화(權

化)라는 그런 엄청난 존재라는 뜻은 물론 아니다.

다만 그 훈육이 우리 훈장이 내미는 유일의 훈봉, '마라'에
의해서만 이룩될 것인지 생각해 보자는 것이다.

(1963. 10)

아침바람

선생 인구도 폭발조짐인가. 가뜩이나 비좁은 직원실이 이맘
때면 더욱 어지러워짐을 느끼는 이 나뿐일까.

특히 시업(始業) 삼십분쯤을 앞둘라치면 어제 퇴근길에서
그렇게 후줄구레하던 얼굴들에 새 아침의 정기가 서려 저마다
그 나름의 기세 당당한 폼에 한창 기염을 뿜는다.

"야, 그 다마 멋지더라. 그래, 짱아찌가 진짜야."

H교사가 두 어깨를 움찔하며 눈을 찡긋하고는 빈 난롯가에
다가선다.

"그래, 무슨 다마가 그렇게 잘 맞는담."

두 눈이 게름 치레한 C교사가 느물느물 그에 곁들여 대꾸하
는 것을 그 언저리에 있던 몇몇 협조파가 건성 어린 응원을 하
는 바람에 때아닌 폭소가 쩌렁 울려 퍼진다.

그러나 그 웃음의 화음은 여(女)교사나 그(당구)에 무취미
인 교사들에게는 신기한 장면같이도 느껴지기 마련이다.

"K선생, ○○○, 당신 담당이지? 그 애 아버지 기마이지, 한
번 만나보구려."

"올 일년은 고생바가지야. 앞이 훤한걸 뭐."

눈가에 웃음이 잔뜩 잠긴 L선생이 외로 돌리는 고개에 또 몇
몇 동료가 공감이라는 표정을 지으며 다가선다.

"아―니, 어제 전화가 걸려왔다지?"

"또, 뭐야!"

"뭐, 어느 반에서 책 사렸다구."

"뭐라구?"

"그래, 당신은 아이들이 ××전과 사요? 물으면 어떻게 대답
하겠소?"

"그야, 사래지 뭐."

"에잇, 여보쇼!"

"그럼, 당신은?"

"사지 말레지 뭐."

"농담이지?"

"농담이지?"

이런 문답이 오가는 난롯가에는 아까 와는 달리 모두가 시무
룩한 표정들을 짓게 마련이다.

"땡그랑—, 땡그랑—, 땡그랑—"

"자, 다들 자리에 앉읍시다."

목에 기어드는 K교감의 목소리로부터 아침 바람은 그런 대로 교실로 스며드는 것이다.

빛 없는 별
- J교사의 급서에

J형!

이젠 당신의 모습을 영원히 찾을 길 없구려.

내가 보따리를 둘러메고 J교를 찾았을 때 형은 이미 그곳에서 익히 사귀어 살던 몸. 당장 거처할 곳 없는 나랑 나그네 신세 한탄하며 그 허술한 숙직실에서 동생과 의지해 살던 형의 모습이 내 눈에 지금도 선한데 그날이 벌써 옛날이야깃거리로만 남게 되었으니, 아마 세월이란 미처 여물지도 않은 우리의 염원을 그렇게 빨리 밀어냈는가 보오.

그 후 형은 가정을 이루고 알뜰한 지아비로 그리고 아버지로서의 그 삶의 즐거움이 나에겐 퍽 부러워 보였는데….

그동안 십년이란 시간의 소용돌이 속에 D교로 형을 보냈고,

한 때 아련히 잊혀 가는 세월을 타고 S교에서 다시 형과 만나
게 되었던 것이 바로 4년 전.

  원래 내 태생이 벗을 사귐에 아기자기함이 없는 탓으로 형과
도 옛 정을 털어 보임이 없이 몇 해를 보낸 오늘, 나는 형과 멀
어진 이 자리에서 내 지난날을 뉘우치며 짝 잃은 철새가 되어
허황한 먼 하늘만 그리게 됨을 어이하리까.

  성품이 소탈하여 자장면 곱빼기에 대포 잔이나 들면 세상을
호령하고도 남는 생 전 형의 기개가 믿음직도 하더니, 인생의
성숙기에 접어드는 젊은 그 나이에 그렇게 조용히 가시다니.
아, 하늘은 정녕 무심하기만 하구려.

  J형!

  지금은 그 어느 하늘에 머무시는지, 이제 영원히 만날 길 없
는 형은 그동안 가난하고 메마른 이 세상살이였지만 그래도 내
일의 보다 밝은 빛을 바라며 그 너무나 벅찬 시련(동생과 단둘
이 월남)을 너끈히 극복해 나갔는데….

  형과 나만이 아는 별. 이제 그 어느 하늘에 머무시건 형 떠난
어두운 자리에서 나, 삼가 명복을 빕니다.

(1966. 1)

역속(逆俗)

어쩌다보니 내 공직생활 연륜 이십년에 남은 것은 '잘못 살았다' 는 공(公)·사인(私人)으로서의 후회밖에는 아무것도 없다.

어려서는 신동(神童)이란 말도 들었고 그런 대로 교원 훈련도 받았던 나는 바깥세상을 보는 눈이 너무나 어두웠다고 할까. 남들이 갈 때 돌아서고, 남들이 볼 때 외면하고, 남들이 달라붙을 때 뿌리쳤으니 말이다.

"당신은 왜 그렇게 세상 물정에 어두우? 다른 사람들은 같은 선생질을 해도 다 잘 사는데."

어쩌다 내 딴엔 살림이야기라도 거든다고 끼어들었다가는 오히려 그와 같이 당할 여지가 있어 아예 그 언저리에 접근을 피하자니 자연히 기(氣)가 죽어 말도 잃는 나에 집착케 된다.

이렇게 나만의 아성을 굳히다보면 또 그나마 가정 분위기도 삭막한 살얼음판으로 덮여가기 마련이다. 그러나 맞대고 사는 부부 사이의 냉전이란 오래지 않아 터지고 만다.

"무슨 재미로 산담!"

참다못해 나오는 말이지만 나는 나대로의 쌓인 전의(戰意)가 무언(無言)으로 굳혀있으니, 교전이 안 된다.

"아이 답답해!"

하지만 상대의 전의에 비하, 자학, 자조, 자포(自暴), 자박의 나락으로 빠져드는 나는 분명 패자인 것이다.

　"L선생은 그 아집을 버리시오."
　지금도 생생히 내 머리에 남은 C교장의 충고였지만 치부(致
富)한다는 담임 뒷거래(운동) 현실을 보고, 듣고 나는 가만히
있을 수 없었다.
　"예, 저는 20년 교직생활 중 오늘처럼 충격 받은 적이 없습
니다."
　내가 존경하는 C교장이었지만 그의 충고에는 도전했다.
　"그럼 어떻게 하겠다는 거요?"
　"행정 질서를 바로잡아야 한다는 것입니다."
　"어떻게 바로잡겠다는 건가, 이 사람아!"
　나는 C교장에게 그 이상 할 말을 잃었다.
　"H선생은 참 약읍디다."
　C교장의 그 말은 '당신은 왜 그렇게 세상 물정에 어두우?'
로 또다시 나의 급소를 찌르는 그것이다. 하지만 사실 H선생
뿐 아니라 K선생, B선생, J선생 등 그들은 나름대로의 세상
물정에 밝아서인지 돈 모으며 의젓한 공인(선생)구실에 모자
람이 없는 것이다.

　내 벌써 3년째로 도심(都心) S교에서 이곳 변두리 P를 택해

온 것은 솔직히 말해서 심기일전 '왜 그리 세상 물정에 어두
우?'에서 탈피하여 내 인간 됨을 스스로 돌이켜 보자는 결단에
서였으나, 그랬대서 오늘 또 나에게 무엇을 기대할건가.

"차라리 이럴 줄 알았으면 S에 그대로 있었을 걸…."

푸념 같은 한탄 같은 집사람의 말은 그 누구보다도 나 자신
의 심장을 바로 찌르는 칼날이 아닐 수 없다.

'벼룩의 간을 내 먹지!'

부임 초 이곳 P에 유일한 친척이래서 반가운 나머지 방문했
던 내 손윗사람이 그것도 미안해하는 기색이라도 보였으면 분
통이나 덜었을 텐데, 이건 더 큰소리치며 통째 떼먹은 돈….

그렇지, 그는 내 앞에 나타난 새로운 또 하나의 세상물정을
달관한 인간이었으니. 이천오백년 전의 공자(孔子)도 못 넘어
순속(順俗)이라 했거늘 하물며 오늘의 거센 입향(入鄕) 물결
을 내 어찌 헤쳐가야 한단 말인가.

(1969. 3. 28)

일기가성(一氣呵成)

-변명

벌써 새해가 되나보니 지나고 또 지난해에 내 딴에는 유일한 자산(資産)인 '교육수감(敎育隨感)'이라 이름 붙인 낡은 노트가 역시 나이 그대로 구겨지고 찢겨나갈 뿐 고르고 개칠해 보일 겨를 없이 다시 새해를 타고 올라서는 것 같다.

속담에 '핑계 없는 무덤이 없다'는 말도 있듯이 '언제 쓴담?' 자문하고는 '내일부터'라는 자답이 내일은 또 내일이 되고 그 내일이 또 내일이 되어 쌓이게 되니, 필경 없는 시간이 핑계가 되고 마는 것이다.

사실 기다리는 사람에게는 퍽 길게도 느껴지지만 쫓기는 사람에게는 그와는 정 반대인 것이 곧 시간이다.

"선생님 전화요!"

"어디서?"

"아이 어서요. 통 수가 늘어요!"

여자 사환 아이의 성화에 떠밀려 교무실로 뛰어가기 마련이다.

"잊으셨나요?"

"뭐를요?"

"그 왜 ×××추천 말이에요."

"가만있자. 아, 알았습니다."

그러나 그것으로 끝나는 게 아니니 그 사이 기다렸다는 듯 교실 문턱에 서있던 사람이 다가온다.

"선생님, 처음 뵙겠습니다요. ○○가 제 자식놈인데 선생님께 부탁드릴게 좀 있어요…."

"예, 그러세요. 교실에 들어오셔서 좀 기다리시지요."

학부모를 교실로 정중히 모시려는 내 뜻은 아랑곳 않고 그는 앞을 가로막으며 복도로 나오란다.

"아니요. 저도 일하다 나왔걸랑요."

나를 쫓고 붙들어 세우는 것은 그 뿐이 아니다.

'오늘, 오후 ×시까지….'

회람 쪽지가 날아들어 얼떨결에 사인해 돌려보내면 이번에는 노크 소리에 출입문을 연다.

"저 ××제약회사 선전부에서 왔습니다."

큼지막한 가방을 내려놓으며 대머리 이마의 땀을 씻는 중년 신사….

옛날 중국의 어떤 시인은 귀를 더럽혔다하여 황하(黃河)에 귀를 씻은 이도 있고 바람에 달그락거리는 구걸 바가지가 귀에 거슬린다 해서 깨어버렸다는 이야기도 있지만 들어야 할 소리, 들을 소리, 안(못) 들을 소리 가리지 않고 사지(四肢)와 입(口)을 동원하는 하루하루는 우리(나)에게 무엇인가.

판에 박은 칭찬이나 표창장이 종잇장 하나로 보상하는 것까지는 그렇다 치고 어쩌다 승진 기회(하게 되어 있는)라도 돌아오면 이건 또 무슨 언(言), 어(語)에 이은 변(辯)인가.

엉뚱한 대상을 추천하고는 '××년이 채 못 된 줄 알고 그만…'을 넘기면 '선생은 벌써 받으신 줄 알고 그만…' 하는 그들(행정가)의 왜곡(歪曲)되고 격하(格下)된 언정이순(言正理順)의 변을 감히 당할 수 없는 내 역속(逆俗)기질을 어이하랴.

어차피 속아 사는 인생이란다.

귀를 씻고 바가지를 깨지 못할 위인인 내 자신의 오늘, 몸과 마음에 가해지는 온갖 채찍을 일기가성(一氣呵成), 구겨지고 떨어져 나가는 낡은 노트 속에서나마 들떠보자.

(1963. 12)

돈과 선생

입은 것도 헐고 행동이 거친 춘식이네를 나는 퍽 걱정해 주는 마음에 "어머니나 아버지를 학교에 좀 오시래라"라며 간청조로 일러 보낸다. 하지만 의례 춘식이는 "내가 공부 못해서 안

오실 걸요"가 아니면 "바쁘셔서 못 오신대요"로, 아예 그들 스스로가 부모의 학교 내방을 꺼리는 까닭은 무엇일까.

굳이 캐보려는 심사는 아니지만 그럴 때마다 나는 무엇엔가 얻어맞고 있는 것이다.

'춘식이의 말은 부모의 생각이 아니다!' 라는 내 자신의 불쾌함은 소위 선생이란 인간 '나' 로서는 견딜 수 없는 고독마저 느끼는 것이다.

나와 학생, 나와 학부모, 그 사이에 쌓여 가는 어떤 형이상적(刑而上的) 장벽, 이를 누가 만들고 또 현재 누가 만들어가고 있는지….

학기 초에는 퍽 풍성하게 교실을 메우기에 내 딴엔 그 열의(?)를 귀히 사서 '학교(학급) 발전에 보태려 대의원이니, 회장이니, 이사니, 고이 모시고 일년을 통틀어 한두 번 있는 그들 모임에 참석을 앙원(仰願)한다' 는 위임장이 붙은 글월을 자녀에게 쥐어 보내면 이건 또 무슨 낭패인가.

그 모임에 나오는 것은 거의가 날인 없는 위임장이요, 그 중에는 안내문이 그대로 붙어있는 '접수 거부' 에, 아기가 찢어버려서 그도 못 가져 왔다는 것이다.

그리고 나머지 부답(不答)은 어머니 외출, 아버지 발병 등등 어쩌면 그렇게 같은 날, 같은 시각에 사고가 몰리는지 알만한 일이다.

하기야 우리 이웃 고장(소위 노른자위) 같은 데서는 그 치맛바람이니, 무어니 학부모의 학교 내방을 억제하기에 골치라지만 적어도 이 고장에서는 그런 골칫거리가 없기에 퍽 다행한 일일지 모른다. 하지만 소위 가르친다는 우리 선생의 입장에서 학부모의 불참(학교 내방)은 문제가 아닐 수 없다.

그것은 지역 환경(여건)이 어떻든 간에 원래 성직(聖職)이란 선생의 위치가 '돈'으로 자리 바뀜 한 듯이 비춰지는 세상 사람들의 시선을 피할 수 없기 때문이다.

그래서 춘식이네 어머니, 아버지가 선생을 기피하고 학부모가 모임에 불참하는 등등 "가나마나 돈 이야기겠지", "돈 내라고 불렀겠지"로 어쩔 수 없는 '선생놈'이 됨이 안타깝다.

'그렇지, 돈 내라고 불렀지. 돈이 있어야 떳떳한 어버이요, 선생이요 또 인간구실을 할 수 있지 않은가!'

춘식이네들의 변명 아닌 부모 불참의 이유 보고에서 내가 인간이라는 점도 아울러 확인했지만 그렇다고 내가 애당초 돈 벌기 위해 이 직업(교원)을 갖게 된 것은 결코 아니었으니, 이 점은 나뿐이 아닌 다른 많은 '선생'도 그럴 것으로 안다.

그렇다고 내가 페스탈로치 같은 위대한 교육자를 꿈꾼 것도 아니요, 더군다나 교육장(敎育場)이 지위나 권력의 소유 처도 아님을 알고 있었다.

다만 내가 남을 가르치며 산다는 좋은 자리라는 생각밖에 다른 아무것도 없었던 게 사실이지만 그 삶을 위해 필요한 돈을 선생이기에 포기하거나 사양하는 신성(神聖)한 존재도 아니다.

아니, 요즘의 나에게는 당장 돈벼락이라도 맞았으면 하는 생각이, 가르쳐야겠다는 생각에 앞설 때가 있으니 '빈자는 약자'라는 말처럼 가난에 쪼들리는 게 삶인 오늘의 약자 '선생'이 진정한 선생이 되게 힘을 달라.

훈장 연륜 십칠년에 초가삼간은 고사하고 당장 딸린 가족의 의(衣), 식(食)을 잇기에 눈만 뜨면 돈 걱정과 살 궁리가 교육을 구상하고 실천할 자리를 여지없이 점거하니 선생이란 위치, 아니 인간의 기본 자리마저 돈에 의해 흔들리니 말이다.

'가난은 나라도 구제 못 한다' 는 옛말도 있듯이 가난한 선생이기에 많은 학부모도 그를 경원(敬遠)하는 게 아닌지. 선생도 인간을 초월할 수 없기에 오늘의 우리에게는 배고픈 성직(聖職)의 대명사보다는 차라리 선생 명사의 직업인으로서의 살 수 있는 영양이 필요한 것이다.

오늘 같은 세상에 맹모(孟母)가 그의 아들을 위해 '삼천지교(三遷之敎)' 운운하면 학생들은 씩— 웃을 것이다.

"그건 돈이 많아 족집게 과외 시키는 거"라고….

이렇게 학부모가 교육 참여를 거부하고, 학교 교사가 교육활동을 주저하고, 학생이 선생을 불신하는 그 모두가 '돈' 의 절대 위력에서라면 아뿔싸, 교육은 어디로 갈 건가.

(1965. 1)

불난 이야기
- 교장 말마따나 그것은 '귀신이 곡할 노릇'이었다

순찰함

"선생님, 선생님! 주무셔요, 네?"

추위 속의 방학 중이라 낮잠 자는 게 일과에 들어있는 나였기에 여느 때 이웃 아이들이나 집안 식구의 법석대는 소음쯤은 꿈결처럼 흘려버리는 면역 생리가 쉽사리 반응을 보이지 않자, 이제는 어깨를 잡아 흔드는 다급한 소리였다.

"아니, 왜 또…."

"선생님, 학교가요!"

"옛!"

학교라는 소리에 정신이 든 나는 눈을 비비며 일어났다.

"학교가 다 탔어요! S학교가 아이구 저걸 어째."

"뭐요? 학교가?!"

문을 열고 들어와 집사람과 같이 나를 흔들어 깨운 사람은 우리 반 대의원인 A군의 어머니였고 그 뒤에는 L군의 어머니, P군의 어머니 등 동네 부인네들이 학교 쪽(S교 밑 동네에 살았음) 하늘을 바라보며 발들을 동동 구르고 있는 게 아닌가.

"정말!"

학교로 뛰어가는 나는 길가 빽빽이 늘어선 구경꾼들의 틈을 헤집고 나가느라 몇 번 넘어졌다.

"선생님, 이 무슨 변입니까요."

"선생님, 우리 교실이 타요!"

"왜 저렇게 내버려두지?!"

"글쎄 불자동차가 못 올라간대요!"

"아니죠, 소화전이 얼었대요!"

어른, 아이 할 것 없이 흥분해 주고받는 소리에 맞서 펑, 탕, 탕, 폭음과 검붉은 불기둥이 쉴 새 없이 기왓장 같은 것을 날리고 있다.

"어유우, 어유우…."

신음을 연발하는 J교장을 교무주임과 형사(?)가 부축하여 교문을 나가는 모습이 불빛에 떨려 보이고 발목까지 빠지는 눈구덩이에는 책상, 의자, 서류가 뒤범벅이 되어 여기저기 쌓여 있다.

"아이쿠! 저리로 불이…."

손을 불끈 쥐고 어깨를 들먹이며 누구엔가 구원을 청하는 사람들의 모습이 우리 교직원과 다를 게 없었다.

얼어붙었던 소화전이 기능을 발휘하고 웅덩이 물에 파이프가 들어감에 따라 불길이 사그라지자, 여기저기서 불티에 그을려 굴뚝 강아지 모습이 된 직원들이 강당에 모였다.

"여기를 임시 사무실로 합니다."

K교감의 목에 기어드는 소리에 말없이 긴 의자에 늘어앉은 칠십여 직원은 잇따라 시달되는 안팎의 지시에 기계같이 움직였다.

"도대체 어떻게 된 거야?"

"머, 대낮에 2층에서 불길이 솟았다는데."

"일직은?"

"거, 깡마른 L선생(여)과 통통한 P선생(여)이라더군."

"이상하다, 며칠 전에 ××학교 화재가 시끄러웠는데…."

"그런 건 이번 우리에게 댈 것도 아니야."

밤새 화재 현장을 지키는 선생(남)들이 이런저런 이야기를 주고받은 이튿날, K교감은 직원들에게 가라앉은 목소리로 말했다.

"여기 공문이 와 있습니다. 숙직 선생님 중에 근무 소홀로 지적된 분이 여러 분입니다. 여기 공문을 놓아두겠으니 회람을 바랍니다."

교감의 이야기가 끝나기 무섭게 직원들이 우르르 공문이 놓인 테이블로 모여들었다.

"여 K, 거기서 읽어."

"그래, 그래."

재빨리 공문을 낚아챈 K선생이 느즈러진 목소리로 낭독한다.

"…누차 시달했음에도… 당직 중 근무 태만한 직원의 명단을 아래에 밝히오니…. 아래는 생략!"

K선생이 공문에 밝힌 직원의 명단 읽기를 포기하자 여기저기서 웅성웅성 계속 읽으라느니 집어치우라느니, 종당은 큰소리가 교차된다.

"여, 읽어!"

"엊저녁에 못 자서 눈이 아물아물해."

K선생이 성화에 못 이겨 공문을 팽개치고 들어오자 J선생이 성큼성큼 걸어 나가 공문을 집어 들더니 놀라는 표정이다.

"야 이거 몇 사람이야!"

"읽어!"

"그만둬!"

"알았어."

J선생이 명단을 읽으려 할 때 앞서 공문을 내던지고 돌아온 K선생이 나에게 다가왔다.

"L선생 숙직이 언제였지?"

"오늘이 십팔일이니까, 나흘 전? 그렇지 십사일이지."

"순찰함에 도장 찍었어?

"글쎄?…."

진술서

우리는 그 분위기에 스스로 죄인이 아니 될 수 없었다.

"안(강당 옆 남은 교실)에 들어오면 안돼요!"

교장과 교감을 조사하다가 불쑥 사무실(강당)에 나타나는 형사는 그렇게 주의를 주었다.

"예, 예, 출석부를…."

"지금 출석부가 문제요?"

"예, 예, 압니다."

선생들의 말에 가죽 잠바를 입은 형사는 교무주임에게 귓속말을 건네고 나가면서 다시 다짐을 받는다.

"선생님들, 좀 괴로우시겠지만 우리 수사에 적극 협조해주셔야 합니다. 화재의 원인이 규명될 때까지는 우리의 요구에 응하셔야 합니다."

그러나 나는 그들의 한마디 한마디에 고마움을 느꼈으니, 불도 못 피우는 설한에 밤을 새는 우리 못지않게 뛰는 그들이니 말이다.

눈에 덮인 한겨울의 불탄 자리를 지키자니 검은 잿더미 속에

서 머리 푼 유령이라도 튀어나오는 것 같은 환상에 빠지기도
한다.

"저 꼴을 언제까지 두고 보는 거지?"

"내일에는 화인이 밝혀진다지."

"그래?"

"저 새끼줄 안에서 말하겠지."

이런 이야기들을 주고받은 이튿날, 사계의 권위라는 G교수
일행이 현장검증에 나타났다.

"선생님들은 사무실에서 나오시지 마시고 대기하십시오."

대머리 수사주임의 지시에 따라 직원들이 여기저기 테이블
을 둘러싸고 오물오물 모여 앉았다.

"L선생, 거 귀찮겠던데…."

"뭐가?"

"왜, 순찰함 날인이 빠졌지?"

"빠지긴? 분명히 그날 순찰했는데…."

"순찰했으면 뭣해, 경찰이 압수해 간 종이에는 여러 사람의
도장이 빠졌다고 적혀 나왔다는데."

"글쎄…."

G교수 일행이 돌아간 뒤 K선생의 말이 긴가 민가 불안한 나
에게 거봐라는 듯 D경찰서로부터 퇴근길에 들러달라는 전화가
걸려왔다.

　　나뿐 아니라 화재 당일을 전·후해서 숙직한 선생들이 모두 불렸지만….

　　구중중한 마룻바닥에 모난 테이블이 놓여있는 게 몹시 거칠어 보이는 수사실에는 여기저기 웅크리고 앉은 사람들 모습이 더욱 초췌해 보였다.

　　“선생은 십사일에 숙직했죠?”

　　“예, 그럴 겁니다.”

　　“그럴 겁니다가 뭐야!”

　　“그렇습니다.”

　　“이 종이에 보면 그런 흔적이 없는데….”

　　“그것은 도장이….”

　　“도장이구 뭐구 없어요!”

　　“그건 숙직이 두 사람이어서 한 사람만 찍어도….”

　　“뭐야, 한 사람만!”

　　“예!”

　　“당신 같은 사람 때문에 불이 났단 말야!”

　　“예?”

　　“자, 여러 말 말고 여기 써!”

　　“뭣을요?”

　　“숙직을 안 했다고, 내가 불러줄까?”

　　“아닙니다. 도장이 빠진 이유를 쓰지요.”

“숙직은 했다는 얘기지?”

“예, 그렇습니다.”

“이걸 보란 말야, 언제 숙직했나.”

형사는 도장 자국에 빨갛게 얼룩진 종이를 나에게 들이대며
테이블을 쳤다.

“아닙니다. 그 때….”

“필요 없는 얘기를 하지 말라니까. 학교 선생은 너무 말이 헤
퍼. 머, 젖 먹던 시절 이야기까지 지껄이니, 사회에선 그런 말
필요 없단 말야!”

‘그럼, 사실이 아닌 것도 사실로 해야 한단 말인가?’

“그렇지만 이건 사실대로 써야지 않습니까?”

“그 사실을 누가 인정하느냐 말야. 무엇으로 인정하느냐 말
야.”

‘그렇지, 여기에는 진실이 통할 수 없다!’

사실이 숙직을 안 한 것은 아니지만 나는 형사의 증거 앞에
서 할 말이 없었다.

그날(숙직 날) 나는 퇴근길에 모처럼 만난 친구와 어울리다가
부랴부랴 숙직 교대 시간을 대느라 갈아입을 옷 주머니에 미쳐
도장을 옮겨 넣지 못하고 나간 탓이었으니, 이런 경우 사실을
사실대로 인정해 줄 사람은 이 세상에는 아무도 없는 것이다.

‘그렇다고 사실 아닌 편에 들기에는 내 양심이 허락하지 않

고…'

그러나 나는 형사의 말에 동의하지 않고 사실을 사실대로 써야 했다.

"세상은 선생님(여기서 비로소 선생님이란 말을 했다) 생각과 같이 그렇게 허술하지 않습니다. 앞으로 명심하시오."

이 말을 들은 나는 뭔가 가슴에 와 닿는, 그래서 정말 죄인이 된 심정으로 진술서에 날인했다.

(1965. 1)

또, 불…

1월 17일의 화인은 누전임이 판명되었지만 그런 불가항력에도 법은 J교장을 묶어 좌천했고 일직 교사(여) 두 사람은 모두 먼 지방으로 옮겨졌다. 그리고 J교장의 뒤를 이어 C교장이 들어오자 '복구'를 외치며 우리 교직원을 밖으로 나서게 했고, 교실 잃은 학생들은 시내 D교와 C교 등에 분산 더부살이로 들어가게 되어 그들의 모습이 처량했다.

그보다도 안타까운 것은 학부모로부터 걸려오는 전화와 직접 학교에 찾아오는 그들의 하소였다.

"선생님, 우리 애는 울고 통 다른 학교에는 안 간다니 어떡합니까?"

"언제까지 C교로 가야 합니까?"

이에 대한 우리 교직원 역시 시원한 답변의 여지가 없으니 다만 "미안합니다, 좀 참아야지 어떡합니까. 머지않아 그 전보다 더 멋진 학교가 세워집니다"였다.

그 멋진 교사(校舍)를 세우기 위해 교직원들에게는 이만저만한 부담이 아니었다. 하지만 불 낸 죄책감에서, 아니 학생과 학부모와의 약속에서 복구비 거두기에 의욕적이었다.

"S선생, 오늘 얼마나 거두었소?"

"글쎄, 꽤 들어온 걸."

"거, 기술이 좋소. 비결을 가르쳐 주시오."

"비결? 음, 나는 그저 가난한 집을 찾아가는 거지. 이제껏 어느 선생도 가지 않았음직한…."

S선생의 비결이란 곧 몇 년 동안 자녀를 학교에 보내고 있으면서도 도통 선생 얼굴을 대한 적이 없음직한 학부모를 가려내 찾아가니, 그들은 모두가 반가워 어쩔 줄을 모르더라는 것이다.

"바람직한 방법입니다."

나는 미처 생각지도 못한 S선생의 앞선 방법을 수긍했지만 막상 실천에 옮기려니 용기가 나지 않았다.

'Y, M, K, L, A 등 굵직굵직한 데가 있지 않은가….'

"오신 용건이 무엇입니까?"

"이거, 뜯겨 못살겠습니다!"

"내는 사람만 만날 내야 합니까? 불낸 범인을 빨리 잡으세요!"

등등 핀잔을 무릅쓰고 구걸과도 같은 행각을 되풀이하는 나는, 그래도 나날이 단장되는 새 교사를 바라보며 마음이 흡족했다.

"이제 한 달까지 안 갑니다. 그런데 어쩐지 예감이 이상해, 꼭 지붕에서 무언가 떨어져내려 우리 애들이 맞을 것 같거든…."

C교장은 신축건물을 바라보며 흐뭇해하면서도 이따금 이렇게 중얼거리며 이마에 손을 대고 상을 찡그리기도 했다.

그래서 공사장이나 운동장에는 당번 직원들을 배치해 사고 방지에 최선을 다했다.

그렇게 6월에 접어들어 새 교사가 완공을 보게 되니, 더부살이 나갔던 학생들이 새 교실로 돌아오고 복도에서 운동장에서 서성거리던 직원들이 한데 모일 사무실도 자리를 잡았다.

또한 여기저기 쌓였던 검은 잿더미가 말끔히 치워져 차분한 학교 모습으로 돌아오게 되니, 학생이나 학부모의 밝은 얼굴을 대하는 교직원들은 무엇보다도 힘겨웠던 복구비 조달의 피로가 풀리는 듯 마냥 흐뭇했다.

"선생님들, 정말 애쓰셨어요."

학부모뿐 아니라 거리에서, 대폿집에서 알아보는 사람들이 건네는 인사는 우리 직원들의 큰 보람이었다.

"아니죠, 여러분의 힘이지요."

우리들은 그들에게 감사했다.

그런 분위기 속에 한 달을 넘기기 전인 6월 27일, 나는 그날의 충격을 삭이려 이 글을 쓰는 것이다.

천하의 토요일을 구가하는 우리 주당 일동은 석양 배를 즐기려 대폿집을 찾아 나섰다.

"이거 싱거워서 어디 먹겠다구. 저쪽 골목집에 가자우!"

M선생의 선동에 동의해 산수 갑산이 무너지는 한이 있더라도 안 마실 수 없다는 부화뇌동(附和雷同)의 주착(主着) 망나니들….

땅거미를 밟는 상기된 얼굴들이 신이 나서 옮겨간 곳은 층계 옆 은근자집. 모두가 취한지라 술을 마시는 건지 잡소리 내기를 하는 건지 각기 당당한 변사요, 명 코미디언이다.

"술자리에서는 그저…."

그러나 우리 주당으로서는 이런 이야기 정도로 발전하면 앞으로 더 마실(사실은 먹힐) 가능성을 뜻하는 징조다.

나는 그 자리에서 어디를 거쳐 더 마시고(?) 집으로 돌아왔는지, 그러면서도 용하게 집을 찾아오는 데는 스스로 감탄하지 않을 수 없다.

그날 자정이 넘어서였으리라.

취한 몸을 방구석에 아무렇게나 꿇어 박고 코고는 나의 귀에 집사람의 다급한 소리가 꿈결같이 들려왔다.

"뭐라구, 병이 났어⋯."

"⋯글쎄 정신 차려요. 불이 났어요, 불!"

"머? 불!"

"S학교가 또 다 탔어요!"

지문채취

휘청거리는 다리를 가누며 학교 언덕배기에 다다랐을 때 시커멓게 내려앉은 교사의 여기저기서 툭, 탕 소리와 함께 빨간 불똥이 튀어나왔고 운동장 가장자리에는 군데군데 허연 장부 나부랭이를 쌓아올린 테이블이 어둠 속에 희미하게 떠올랐다.

"아니, 이게 웬일이오."

누가 누군지 잘 구별할 수 없는 교사(별관) 그늘에 웅크리고 앉은 한 직원의 어깨를 잡고 나는 말했다.

"L선생 이제 나오슈?"

"그느무 대포에 녹아서⋯."

"정말, N선생, S선생도 아직 안 보이느만."

M선생은 말할 기운조차 없다는 듯 한숨만 후— 쉬고는 여전히 웅크리고 앉아 머리를 가슴에 처박았고, 군데군데 웅크리고

앉은 다른 직원들도 말없이 고개를 늘어뜨리고 있었다.

'이게 무슨 변이란 말인가!'

나는 동 학년 선생들을 만나려고 이리저리 찾아 돌았다.

날이 새는지 바닷바람이 꽤 서늘하게 느껴지는 가운데 여기 저기 늘어놓은 물건을 지키느라 책상, 걸상 할 것 없이 깔고 타고 앉아 넋들을 잃고 있는 동료들의 모습이 떠올랐다.

"…여기들 있었구먼."

"우리 학년은 여기를 지키게 됐어요."

우리 학년에서 가장 나이 어린 C선생이 부스스 허리를 펴며 일어선 옆에는 파자마 차림의 B, Y선생(주당)도 멀거니 앉아 있었다.

"해장 떡이나 먹고 올까요?"

"그래, 막내. 듣던 중 반가운 소리다."

사이렌 소리에 잠자리에서 뛰어나와 곧장 달려왔다는 파자마 Y선생이 휘청거리며 앞장을 선다.

"Y선생 여전한걸!"

"그래, 어제 좀 많이 마셨우?"

해장국에 넣은 떡을 씹고 막걸리 한 사발을 마시니 후들후들 떨리던 몸이 훈훈해짐을 느낀다.

"이제 학생이나 학부모를 어떻게 대하지."

"그래 말야. 나머지 2층 건물이 다 타버렸으니…."

"이제 복구비구 뭐구 없다!"

"이거 예삿일이 아녀, 일년에 두 번 그것도 반년도 안 되어 또 불이나 그래."

모두가 침통한 얼굴로 이런 이야기를 주고받으며 학교 문을 들어설 무렵에는 불탄 자리를 구경하러 몰려드는 인근 주민들로 북새통을 이루고 있었다.

"원 이럴 수가!"

"이 S학교가 시내에서는 제일가는 터라는데⋯."

"그 무슨 식 건물이라나, 우리나라에는 하나밖에 없는⋯. 그게 아까워."

이런 말들을 주고받는 나이 많은 분들은 흥분했었으니, 그것은 마치 우리 교직원을 꾸짖는 것 같아 스스로 죄인이 되어 고개를 들 수 없었다.

더욱이 강당에 모인 우리는 C교장의 초췌한 모습을 대할 때 숙연해졌다.

"이거, 어떡합니까. 귀신이 곡할 노릇이지⋯."

C교장은 목이 메어 끝내 이야기를 잇지 못하고 교무주임이 부축해 나가고 뒤를 이어 K교감이 두서너 사람(형사)을 안내해 들어왔다.

"선생님들, 앞으로 이 분들의 지시에 잘 따라 움직여 주십시오. 우리는 죄인입니다."

교감의 말이 끝나자 세 사람 중 키가 크고 구레나룻이 많이 난 형사 한사람이 앞으로 나왔다.

"이제부터 선생님들 한 사람 한 사람 조서를 받겠습니다. 그동안 서로 이야기하는 것도 삼가시고 한 분씩 옆에 교실로 들어오시오."

"그리고 그것이 끝난 분은 그 옆의 교실로 들어오시오."

구레나룻 형사에 이어 대머리 형사가 덧붙이고는 휙 나가버린다.

우리는 형사들의 지시대로 조서에 응하고 지문을 찍었다.

'이것으로 죄(?)값이 치러졌을까?'

나는 주머니 속에 든 도장을 확인하며 생각했다.

'틀림없이 순찰함에 이 도장을 찍었겠다. 앞으로의 숙직은 열흘이나 남았고….'

나의 결백을 챙기며 스스로 만족함은 내 지나친 이기적 사고일까?

알리바이

술도 담배도 못하는 당일의 숙직 J선생과 K선생은 입건되었고 학교(S) 주변의 넝마주이, 불량배 족은 속속 붙들려갔지만, 조서를 쓰고 지문을 찍은 선생들의 경찰서 출두는 잠잠했다.

'…내가 도장을 착실히 찍었으니, 그런 건 들춰보지도 않았
겠지?…'

재수가 없어 내가 실수를 할 때만 그런 것도 꼭 걸리게 되는
자신이 야속하게도 생각되었다.

그러던 어느 날 아침, 첫 수업에 들어간 나는 복도 쪽에 어
른거리는 K교감을 발견하고 교단에서 내려 창문 쪽으로 다가
갔다.

"잠깐…."

말소리는 안 들렸지만 분명히 손과 눈으로 그렇게 나를 부르
기에 문을 여니, 그는 입가에 간지러운 웃음을 떴다.

"뭐죠?"

"저, 다른 게 아니라 서(署)의 K형사가 선생님을 좀 만나자
는 데 곧 가서 만나시죠."

'서에… K형사?'

고개를 갸웃거리며 다가서는 나에게 그는 자기도 모르는 일
이라며 ○○계 K경사를 만나면 알거라 했다.

'K경사?'

현재 친구가 몇 사람 그 곳(D경찰서)에 있고 또 새로 전입해
온 친구가 만나려는 걸로 생각한 나는 경찰계에 있는 이 친구,
저 친구를 머릿속에 그려보았다.

'…어쩌면 W가?'

“그 사람 언제 이곳에 왔나요?”

“글쎄, 그건 잘 모르는데 내 친척 되는 사람이야…. 수업은 걱정 말고 어서 가보슈.”

‘K교감의 친척? 그러면 K면이니 내 첫 부임지렷다….’

“하여간 누군지 만납시다.”

나는 반가운 친구가 기다리고 있을 것 같은 가벼운 마음으로 K교감이 일러준 D경찰서 ××계 ○○반을 찾았다.

“저, K경사라는 분이….”

나의 말이 떨어지기도 전에 웅성대던 테이블 옆에 섰던 굵은 골격의 수염이 많은 사람이 내 앞에 다가섰다.

“아, 선생이 ○○○입니까?”

“그렇습니다만….”

“우리가 꼭 찾던 분입니다.”

“왜요?”

“이리 오시오!”

그는 성큼성큼 구석에 놓인 테이블로 가더니 서랍 속에서 종이쪽지를 꺼내어놓고는 나에게 의자를 내밀었다.

“자, 내 말에 바로 대답하셔야 합니다.”

“뭔데요?”

“S교 불나던 날, 술 마셨죠?”

“예.”

"어디 어디 들렀죠?"

"두 군데는 확실한데 나머지는 희미해서…."

"나머지는 내가 알아요!"

"예? 선생이 어떻게…."

"나머지는요, ××옥에서 S학교로 갔지요."

"뭐요?"

'이 사람이 나를 놀리나, 학교라니….'

주당 일행 중 B선생, S선생과 어울리다가 돌아오는 길에 옥에 들른 건 틀림없다.

그것은 그 대폿집에서 주인(학부모)과 지껄였던 일이 한 두 가지 머리에 떠오르기 때문이다.

"여보쇼, 형사님. B선생 같은 이는 나를 부축해서 집까지 데려다 누이고 갔다던데 곯아떨어져 자던 내 꿈이 귀신을 데리고 학교에 가 불질렀단 말이요? 그리고 내 발로 갔다면 통금에 걸렸을 텐데 그런 사실도 없고…."

"그때가 열두시 경이니까, 학교에서 솟는 불길을 보지 않았느냐 말요."

"들리는 말로는 밤 한시에서 두시 사이였다는데 통금 전에 들어온 사람이 어떻게 보았단 말이요?"

"선생, 그 문학적인 이야기는 그만둡시다!"

"나는 문학하는 게 아닙니다."

"솔직히 말해요! 불길을 보았다던가, 늦게 학교에 들어갔다던가."

무조건 '예' 하라는 K경사의 목소리가 높아질 때면 나의 흥분도 그에 못지않게 격앙했다.

"당신네들, 이렇게 사람을 골리기요? 좋소, 마음대로 하시오…. 다만 내가 시인하는 죄는 불났던 토요일, 해방된 기분에서 친구들과 어울려 술 마신 것뿐이오."

"정말요? 이걸 봐요! 당신이 들른 술집과 시간이 여기 적혀 있잖아요."

비로소 나는 테이블 위에 놓인 쪽지를 들려다보았다.

K경사가 그림과 글자로 깨알같이 박아놓은 쪽지는 그날(불난)의 나의 행적과는 아무 연관도 없는 것들이었다.

'나는 이렇게 만만한 존재인가?….'

그러나 그것은 술 마신 업보다.

"거기 돌아다닌 사람은 이 ○○○이 아니니 진짜 나와 같이 마시고(술이 약해서 거의 마시지 않은 사람) 곱게 집으로 돌아갔을 친구를 불러주시오."

"정히 그렇게 나가기요!"

"뭣을 어떻게 말하라는 거요?"

내가 의자에서 벌떡 일어서자 언저리에 앉았던 직원(형사)들이 날카로운 눈초리로 일제히 나를 노려보았다.

"이건 되게 다루어야겠소!"

K경사는 옆 테이블에 앉은 형사에게 나를 맡기고 2층으로 올라갔다.

"자, 이리 오시오."

키가 짧달 막한 형사가 펜을 들더니 나의 신상에 관해 캐물었다.

나는 흥분을 가라앉히느라 애를 쓰며 그가 적으려는 것을 차근차근 말해주었다.

이판사판이라 생각한 나는 그들의 공세에 맞서 할 소리를 다 해야겠다고 생각하며 우선 입을 열었다.

"다 됐습니까? 어제 숙직이어서 도장을 찍느라 잠을 못 잤으니, 어디서 좀 누워야겠습니다."

내 말이 끝날 무렵 밖에서 반들반들한 신사들(아마 기자인 듯)이 우르르 몰려들더니 아무 말 없이 여기저기 둘러보고만 있었다.

"저리로…."

K경사와 교대해 나에게 조서를 받은 형사가 손을 들어 낮은 목소리로 문간 근처에 있는 방을 가리켰다.

숙직실(?)에서 뒤척거리던 내가 가물가물 잠이 들 무렵 K경사가 방문을 열고 들어왔다.

"이제 막 잠이 들려는데…."

"어서 댁에 가셔서 주무시죠."

"이제 가게 됐나요?"

"나가셔서 아무 말도 하지 마시오."

K경사는 손을 내밀었다(그러나 나는 지금도 직무에 충실하려던 그들의 공무 입장과 한계를 이해하고도 남는다).

그러고도 밝혀내지 못하는 인간의 무지와 한계에 도전하는 힘이 고작 이것이란 말인가.

"여—L, 같이 가!"

현관문을 밀고 나서려는 내 뒤에서 따라 나오는 사람은 그날 (불 난) 나와 끝까지 술 마신 친구 B선생과 S선생이었다.

"당신네는 왜 왔지?"

"당신과 같은 용무로."

"이제 그느무 주당 해체하자. 이런 어마어마한 일에 모두가 우리를 쓸어 넣으려거든, 특히 그 중에도…"

"술도, 사람도 조심해야지."

"거, 알리바이가 웃기 더만."

B선생의 맥없는 말에 S선생이 입맛을 쩍 다시며 맞장구쳤다.

'주화(酒禍)를 면해야지, 번번이 이게 무슨 꼴이지….'

몽롱한 내 머리 속에는 K교감의 선웃음이 어쩐지 께름칙하게 자꾸 떠올랐다.

(1965. 7)

금주명(禁酒銘)

애연가니, 애처가니 하지만 진정 내가 반기고 나를 즐겨주는 것은 술뿐이리라.

시끄럽게 구르던 아이들이 모두 잠들고 집사람마저 코를 골 무렵에 엄습해오는 허탈과 고독과도 같은 것을 나는 장 속에 든 소주병을 들어내어 밥그릇, 찬그릇이 너저분하게 널려있는 상 한 구석 자그마한 술잔에 조심조심 한잔 따라 놓고는, 부질없는 생각에 시간을 흘려보내는 것이다.

그것은 먼 시절에 있었던 일, 앞으로의 삶에 있어 오늘의 나와 내일의 나 등등….

분명히 오늘의 나는 관객 없는 무대 위의 그것이지만 내일의 내가 있다는 그런 대로의 생각은 결코 절망만은 아니요, 때에는 퍽 행복(?)한 꿈을 펼쳐주기도 한다.

그러나 어떤 친구는 출세했고, 어떤 친구는 그저 그렇고 또 어떤 친구는 비참하다는 현실의 교훈….

벌써 15년 전 총각시절 이야기지만 분별 없이 마셔대던 술에 그만 그에 먹힐 지경임을 나는 스스로 깨달았다.

아직 한창 나이에 쓰러진다는 것도 그러려니와 귀중한 시간과 정력, 금력을 음주에 탕진할 수 없다는 그 의지(意志)의 표지로 나는 종이쪽지에 문구를 적어 지갑에 신분증 대신 넣고 다녔었다.

'술 한 방울이 너의 마음과 몸을 무지르는 독소임을 명심하라!'

그럼에도 계속 어울려야하는 친구(주당)들 앞에 그것을 내보이며 사정하는 내 소리는 통할 리 없었다.

"그래, 동정한다. 이별주란 말이다!"

"머! 어디선지 요란한 소리가 들리더라."

"그래, 그래 딱하고 소리났어."

그것은 결국 나에게 술을 덜어주기는커녕 도리어 더 안겨주는 결과밖에 되지 않았다.

그 뿐인가, 좀 나이가 든 선배는 선배대로 권주에 앞장섰다.

"거 L선생, 총각이 무슨 맛으로 사는 거요?"

"L선생은 약주의 뜻을 모르느만."

"자, 오랫동안 참느라 얼마나 고생되었소. 한잔."

"자, 여기도 한잔."

"기분 내라, 젊은 놈이⋯."

젊은 층과 늙은 층 모두의 집중공격에 나는 불가항력인 것이다.

사실 그들과 어울려 사는 이상 자의만의 이기(利己)나 홀로 서기란 지극히 어려웠으니, 만약 그들의 권주를 뿌리치고 내 금주를 고집한다면 스스로 외톨이가 됨을 어찌하랴.

'적당히 마시면 약주가 아니냐?'

종당은 내 금주명이 이렇게 합리(合理)의 변(辯)으로 바뀌어 그렇게 '적당히'가 될 수 없는 내 주도(酒道)는 단절되지 않았었다.

다만 '애주가이시군요'가 '폭음가이시군요!'로 들어서는 안 되기를 내심 바랄 뿐이었다.

그것은 또한 육체나 경제적 손실을 바라서라기보다 소위 약주의 한계를 긋지 못하는 내 개성이 그로 인해 빚어지는 인격 자체의 손상에 스스로 아찔할 때가 있기 때문이다.

광영인지, 치욕인지 그토록 술 인심은 나에게 좋았다고나 할까. 그렇게 끈질기게 맺어진 내 음주관록은 철제비(鐵製碑)에 음각 됨직도 한데 그 무슨 업보였던가.

'한잔 마신 김에 더 마시려고 학교 교실에 들렀지?', '그날 ××옥에 들른 게 몇 차였지?' 등등 S교 화재의 후환을 떠맡을 뻔한 ×××경찰서 ××반에서의 빗맞은 주화상(酒禍傷)은 이제도 내 머리 속에 간직해 있는 금주명의 교훈이다.

(1969. 2)

나사(螺絲)

'무엇인가 뚫고 나가야겠다.'

거리에서, 직장에서, 가정에서 부딪고, 비비고, 조이며 살아가는 순간에는 그나마도 느껴보지 못하는 일들이 어쩌다 저 아카시아 잎 사이로 내어다 보이는 하늘이 파랗게 펼쳐질 때면 나는 부질없는 생각에 잠긴다.

직장이래서 버티고 맴도는 이십 연륜, 남들은 이 나이에 의젓한 아비로, 지아비로 아니 나라와 겨레의 받듦을 누리는데 나는 이제껏 무엇을 했단 말인가.

식구라야 다섯 손가락 안에 드는 그들의 호구에 나름의 쓰이는 신경이 한심스러워진다.

주인집과 손바닥막한 마루판을 경계한 단칸방이 그래도 내 육신의 안식처로 여겨짐에서 퇴근시간을 기다려 들어서면 하수구에 껴 얹은 오물에서 나는 악취에 악 쓰는 소리, 아이의 울음, 비명, 공장의 기계소리, 망치소리….

"아, 글쎄 우리보구 연탄 밑불을 뒤집어 놓았다는 구려. 아이 분해!"

연탄불 피우느라 눈물, 콧물이 땀과 뒤범벅이 된 얼굴로 사뭇 흥분하는 집사람의 호소가 거기 곁들일 때 나는 벌어진 입을 주체할 길 없어 비좁은 창문 밖으로 목을 쑥 빼고 하늘을 우러러 본다.

그렇다고 거기 아무도 나를 돌아다 봐주는 이 없기에, 덮치는 이 중압(重壓)에서 벗어나려 찾아가는 대폿집에서 한잔 또 한잔, 이것이 쌓이고 쌓이는 하루하루가 달로 접어들면 다시 두 어깨를 짓누른다.

"전 달에 잡순 건 오늘은 주셔야죠?"가 몇 번 거듭되면 "아니, 왜 그렇소?"가 되고 종당에는 "믿지 못할 사람이군!"에 내 얼굴은 땅에 떨어진다.

'어디론가 차고 나가야겠다!'

그러나 이 기압(氣壓) 속을 헤어나 홀로 설 수 없는 나. 아니 인간인지라 부딪고, 비비고, 조임이 내 삶의 전부인 것을….

그런 나를 보고 "좋은 자리에 있을 때 봐 달라"는 농담기 친구에서부터 신문, 잡지, 월부(책, 양복, 약, 가전제품 등등), 보험, 인쇄물, 종이, 심지어 쌀, 연탄가게 주인에 이르기까지 도움을 청하는 경우, 주체 못하고 송구하여(유독 나는 저 자세에 약하고 고 자세에 강한 기질이어서) 어물어물 그들에게 끌려 다니다보면 본의 아닌 빚쟁이가 되고 실없는 사람이 되어 스스로 나락(奈落)에 빠지는 것이다.

'내 길을 뚫고 나가야겠다!'

연구기록, 생활기록, 수업 안, 방문록, 통계처리, 직원회 등등 메모된 종이 귀퉁이에 문예사 등 전화번호가 깨알같이 박혀

있다.

“찌릉찌릉, 찌릉…”

“안 잊으셨는지요? 저녁 여섯시, C회관….”

그들은 또한 이리저리 나를 몰아 길을 헷갈리게 할지 모른다.

(1965. 1)

은어(銀魚)와 병사(兵士)의 노래

호칭(呼稱)과 거래어(去來語)

선생, 형, 형씨 하는 말은 남성들 간에 많이 쓰이는 호칭일 것이고, 아저씨, 아주머니(아줌마)란 호칭은 남·여·노·소 간에 두루 입에 오르는 말인 것 같다.

그런데 몇 년 전에 있었던 소위 사모님 시비에 이어 요즘 아줌마(아주머니)의 위치는 사이비 사모님은 물론 어쩌면 진짜 사모님까지도 흡수한 통일된 애칭(愛稱)의 대명사임을 느낀다.

그런 평준화 속에도 선생, 형(형님), 형씨, 아주머니(아줌마)란 친척간이나 이웃사람에게 붙여 부르고 불리는 호칭의 본이라 생각하던 나는 요즘 어찌된 연유인지 내 그런 뜻이 호칭이 아

니라, 그것은 마치 거래상의 한낱 통용어로 바뀌어져 가는 경우
를 흔히 본다.

"아저씨, 이것 좀 들어주세요."

"아줌마, 여기 좀 와보세요."

간혹 가냘픈 젊은 아가씨가 나이가 지긋한 사람에게 건네는
그런 말은 퍽 자연스럽고 애교 어려 보이지만, 반대로 머리카
락이 허연 할아버지나 할머니가 자식이나 손자뻘 되는 젊은이
에게 그런 말로 대했다면 아무리 좋게 들어보려 해도 썩 유쾌
하지 못함은 내 고정관념 탓일까?

얼마 전 서울 M다방에서의 일이다.

내 처가로 따져 아주머니뻘 되는 분의 소개로 D라는 청년의
안내(차 운전)를 받아 K라는 청년을 만나게 되었다. 그런데 나
에게는 D청년 역시 M다방에 가기 불과 몇 분 전에 소개받았기
에 차 안에서 낯익힌 만큼 K보다 가까워진 사이였다.

"여기 앉으시지요, 선생님."

다방에 들어서자마자 D청년은 윗옷을 훌쩍 벗어 의자에 걸
쳐놓고는 카운터 마담이니, 레지니 붙들고 정답게 말을 건네며
한 손으로는 연실 수화기를 들었다 놓았다 수선을 떨었다.

"고대 사무실을 떠났답니다. 선생님."

그러면서도 D청년은 나를 의식해 K청년의 동정을 알리는데
소홀하지 않았다.

"K씨, 퍽 바쁘신가보죠. 형씨."

"예. ×××의 거물급과 트는 사이니까요, 선생님."

이십대 나이인 D청년은 시종 나에게 '선생님'이란 용어를 빼놓지 않고 그것도 매우 자연스럽게 쓰는 것이었지만, 나는 그에게 그동안 꼭 한번 '형씨'라고 그것도 퍽 어색하게 붙였을 뿐이었다.

'형씨? 더 알맞은 말이 없을까….'

형이란 동기의 항렬 중 자기보다 나이가 많은 사람을 대어 쓰는 말이라는 사전식 풀이에 사로잡힌 탓만은 아니었다. 그것은 오로지 K씨와의 사귐에 뜻을 둔 내 천박한 타산, 아첨의 건성이었을 것이다.

나는 D청년에 대한 호칭은 그런 대로 덮어두고 K청년을 맞을 좋은 호칭의 소재를 모색하기에 골몰했다.

'선생, 형, 형씨….'

나는 전에 사전에서 본 '선생'의 풀이말을 속으로 정리해 보았다.

① 스승으로 섬기는 사람, 교사의 존칭 ② 학식이나 덕행이 많은 사람에 대한 존칭 ③ 의사에 대한 존칭 ④ 남을 경대하여 부르는 말….

'그래, 선생이다!'

비록 나이는 나보다 썩 아래지만 그의 사회적 지위(?)는 나의 그것과는 비교가 안 되는 훌륭한 청년이라지 않는가.

그러니 명색이 선생인 내가 주저할 것 없이 건넬 수 있는 최상의 호칭은 역시 '선생'인 것이다.

그런 나의 결의가 정리될 무렵 그 K청년이 나타났다.

"선생님, 바쁘신 데 이렇게 나와 주셔서…."

D청년이 소개하는 K청년은 나에게 먼저 상냥하게 인사를 건넸다.

"저, 선생님 말씀 아주머니께…."

그때는 나에게도 그에 건네줄 '선생'이란 호칭이 마련되어 있었기에 도리어 D청년의 '형씨'보다도 초면인사가 더 자연스러웠다.

"진작 선생님을 찾아뵈었어야 했을 텐데…."

"천만에요, 내가 먼저 선생님을…."

K청년과 나는 누가 먼저랄 것 없이 '선생님'이란 용어를 서로 주고받았다. 그러나 그때 그가 나에게 건넨 선생과 내가 그에게 건넨 선생 호칭이 같은 뜻의 그것이었을까.

어쩌면 흰 머리카락 노인네의 '아저씨'와 그 때 우리 사이의 '선생님' 호칭은 서로 같은 말이 갖는 다른 뜻이었을지 모르니, 그것은 나에게도 K청년에게도 거래의 목적이 있었기 때문이다.

(1966. 8)

은어(銀魚)와 병사(兵士)의 노래

'은어'라는 물고기는 어렸을 때 귀에 잘 익힌 이름이지만 내이 나이에 이르기까지 그런 아름다운 이름의 주인공을 살아있는 그대로 보아 오지도, 그 생태를 이름 이상 더 알아보지도 않았던 것도 사실이다.

그도 그럴 것이 원래 낚싯대를 둘러메고 고기잡이에 나간다거나 어떤 일을 꼬치꼬치 캐어내는 따위 내 꼼꼼한 성품이 못될뿐더러 직장의 자연 환경 또한 문제 풀이에 도움을 줄 여건이 되지 못했던 것도 이의 변명을 거들지 모른다.

그러나 타향살이 이십년이란 세월에 늦철이라도 들게 됨에서인지 요 이, 삼년 동안 좀 한가한 틈이라도 누리게 되면 곧잘 옛 고향 소리에 귀 기울이게 된다.

그때 내 머리에 먼저 떠오르는 것은 이웃집 B할아버지가 푸짐하게 떠들어대던 "은어 주워온다!"는 소리다.

도대체 물고기를 낚으면 낚았지 주워온다는 게 기이한 일이지만, 사실 죽은 은어를 시내 징검다리 위에서 주워오는 일에는 틀림이 없었다.

원래 은어라는 놈은 흐르는 물줄기를 타고 고향 길을 가다가 장애물에 부딪히면 되돌아가는 법이 없고 튀어서라도 기어이 그를 지나기 마련임으로 뼈대가 몹시 약한 그는 뛰는 힘이 건

너편 물줄기에 못 미쳐 징검다리 위에라도 떨어지는 날에는 그
것이 그의 최후라니, 미꾸라지나 피라미 등이 버둥거리며 약삭
빠르게 빠져나가는 꼴에 비추어 그 얼마나 깨끗하고 시원한 죽
음인가.

사전 속의 색도판(色圖版)을 펼쳐보면 '…연어과의 물고
기…'로 긴 설명과 '도루묵'이라는 이름도 붙어있다.

과연 그 아름다운 물고기는 B할아버지에게서 들은(보지는
못했지만) 은어와 더불어 요즘 시장에서, 대폿집에서 보는 도
루묵일까?

굵은 낟알 덩어리로 부풀은 배(腹)하며, 우중충한 빛깔하며
아무래도 내가 듣고 본(그림) 은어와는 거리가 먼 도루묵은 도
루묵일 뿐이다. 게다가 맛이 없대서 화가 난 상감님이 붙인 도
루묵이라지 않는가.

색도판 은어에서 맛보다 멋을 보던 나는 문득 그 언젠가 N
씨에게 들은 어느 젊은 병사의 최후를 생각했다. 마치 은어가
그의 고향을 그리며 싱싱한 몸체를 날려 영원한 마음의 품에
안기러 가듯이…. 그는 철조망 너머 조그마한 학교에서 흘러나
오는 풍금 소리에 귀를 기울이고 있었다.

"나의 살~던 고향은…."

휘영청 밝은 달빛에 드러난 자신의 그림자를 확인한 그는 살

아있다고 생각하며 두 손으로 풀잎을 다시 움켜쥐고 철조망 가까이로 몸을 끌었다.

"복숭아꽃 살구~꽃…."

조금씩 가까이 들리는 풍금 소리에 가느다란 소녀의 목소리가 곁들일 때 그는 없어진 다리를 찾으려는 듯 아랫도리를 더듬으며 한 손으로 철조망을 움켜잡았다.

"그 속에서 놀~던 때가…."

유리창 너머 흐릿한 불빛에 떠오른 더벅머리 소녀….

"보이소, 애…."

목구멍을 넘지 못하는 그의 소리가 소녀의 귀에 닿을 리 없는 하늘과 땅 사이에는 달빛을 빨아들일 듯 풀벌레만 목놓아 운다.

"저 너머 내 고향이…."

병사는 두 손에 힘을 몰아 쥐며 철조망 사이로 머리를 디민다.

탕, 탕―. 따따따따….

별안간 골짜기에서, 풀숲에서 일제히 총소리가 울리며 풍금 소리가 뚝 그치고 교실에 불이 꺼졌다.

"아이그머니!"

창 밖으로 얼굴을 내민 소녀가 보고 소스라친 철조망에는 병사가 두 손을 길게 뻗고 목이 걸린 채 말이 없었다.

나는 색도판 사전을 덮고 눈을 감았다.

B할아버지의 목소리, 은어의 살신(殺身)이 젊은 병사의 노래로 승화되어 하늘로 메아리치고 있었다.

(1966. 1)

서울 쥐

'고양이 목에 방울 달기' 란 실행하기 어려운 공론을 빗댄 이솝의 이야기지만, 원래 쥐라는 놈은 약체동물 중에서도 사람을 괴롭힘에서 퍽 쩨쩨하고 비굴한 동물의 본 같이도 느껴오는 나다.

아마 그 옛날 조물주가 그런 꼴로 그렇게 붙어살라고 점지한지는 모르지만, 이 세상의 하고많은 작고 큰 동물들이 그런 대로 어떤 것은 커서 쓸모가 있고 또 어떤 것은 작아서 귀엽고 빛깔이나 하는 짓이 의젓해서 애완(愛玩)으로도 사람들을 즐겨주는 마당에 이 서족(鼠族)만은 극히 귀한 종류(실험, 연구 등)를 제쳐놓고는 귀찮고 미움을 사기에 알맞은 것들이다.

일년 365일, 그놈들은 어두운 곳에서만 살살 기어 돌며 사람의 눈을 피해 훔침 질에 온갖 잔꾀를 부려 말썽을 부리니 말이다.

사실 의인화(擬人化)된 이솝이야기로도 쥐가 크게 행세하는 장면의 것은 내 과문(寡聞)의 탓인지 별로 알고 있는 게 없으니 정글 속의 코끼리, 날쌘 호랑이, 사자와 여우, 늑대와 양, 송아지와 망아지 등 이솝이 아니더라도 그 모두가 우리와 멀리, 가까이에서, 약자는 약자대로, 강자는 강자대로 그 지혜와 우직함에 사람들은 박수갈채로 즐겨 맞는 게 아닌가.

내 어렸을 때 《도시 쥐와 시골 쥐》라는 짤막한 이야기를 읽은 적이 있다. 시골 쥐가 도시 쥐 친구를 따라 상경했으나, 평화스럽지 못한 환경에 겁을 먹고 도로 하향한다는 이야기였는데, 그때 허세를 부리며 끝내 치사하게 굴러먹은 도시 쥐의 추태를 바로 확인한 꼴이 내가 이곳에 와서 몇 달 살면서부터이다.

비좁은 한옥 방이, 여름철로 접어들면서 눅눅한 방구석에서는 곰팡이가 피어 악취까지 발산하게 되니, 이 곳 동네 쥐들은 일터를 놓칠세라 방고래를 타고 비비적거려 방바닥에 불구멍을 뚫는 것이다.

그것도 사람의 눈으로는 좀처럼 찾아낼 수 없는 장롱의 받침대 바로 밑이니 그를 찾아내는데 '귀신이 곡할 노릇' 이란 말이 그에 합당할지 모른다. 그 구멍을 찾는 것도 그렇거니와 그것을 막기란 이만 저만한 쥐들과의 싸움이 아니다.

내가 시골에서 초등학교를 다닐 때 우리 집 골방 구석에는 연중 뚫리는 쥐구멍이 있어 어머니가 아침저녁 불을 때실 때마다 식구들은 무슨 오소리를 잡으려는 거냐고 야단들이었다. 그럴 때마다 나는 그놈의 쥐가 얄미워 종잇조각, 흙, 심지어는 나무토막, 돌, 쇠붙이 같은 것을 처박지만 이튿날 보면 여전히 종이, 흙, 나무토막 따위는 그대로 펑크가 나고 밀어내지 못한 돌이나 쇠붙이는 그 옆구리 바닥을 긁어내어 더 큰 구멍을 만드는 것이었다.

번번이 실패한 나는 곰곰이 생각한 끝에 그 대항 무기로 시골에서 손쉽게 얻을 수 있는 가시가 억센 밤송이를 두서너 개를 구해다가 집게를 써서 구멍에 꼭꼭 끼웠다. 그것은 뜻밖의 성공으로 그제야 쥐들은 항복(?)했으니, 아마 그 억센 쥐의 입도 수많은 밤송이 가시는 당해내지 못한 모양이었다.

그러나 여기(도시), 밤송이 구하는 것도 그렇거니와 설사 그런 가시 따위로 막는다 해서 장롱 받침대 밑 콘크리트를 뚫는 지능과 이빨을 갖춘 오늘의 서울 쥐 극성이 꺾일 것 같지도 않고, 그렇다고 속수무책일 수는 없지 않은가.

더욱이 그렇게 뚫어놓은 쥐들의 삶의 통로는 바야흐로 활기를 띠어 가족을 거느린 어버이 쥐는 개척의 보람(?)에 찍, 쩍 즐거운 비명을 울리며 억센 활동을 전개하는지라, 멀리는 대문 밖 화장실 영업 창고에서 방안의 쌀독으로 직행 루트를 마구 달리는데 입이 벌어질 뿐이다.

이쯤 되면 방안의 악취를 막기 위해서도 쥐들과 타협의 여지가 없다. 피차 공방전이 벌어질 수밖에 없는 사람과 쥐들. 그러나 사람은 쥐들의 활동시기에 쉬어야 하는 취약점을 어찌

할 건가.

하지만 '무슨 소리!', 가뜩이나 구중중한 집안의 분위기는 분노를 넘어 적개심(敵愾心)에 박멸을 다짐한다.

나는 밤을 샐 각오로 방망이를 들고 숫제 쥐구멍 옆에 누웠다.

'나오기만 해라!'

삼십분, 한 시간….

'안 나온다구?'

불을 끄고 머리맡 담배를 더듬어 피우며 또 한 시간, 여전히 '쥐 숨듯이' 다. 그러나 마음이 밤샘 각오지 이때쯤 되면 '약 올리는 건가!', '언젠가는 나오겠지…' 잠꼬대같이 입안에서 도는 말은 이미 당초의 위력을 잃어가고 흐지부지 다시 한 시간쯤 버틴 내 손의 방망이는 스르르 풀려나감을 어이하랴. 뿐만 아니라 아침에 깨어보면 아뿔싸, 이건 또 몇 시간 영업방해의 앙갚음인가. 머리맡에 놓았던 재떨이가 뒤집히고 담뱃갑이 저 구석에 그것도 갈기갈기 찢겨 흐트러져 있는 꼴은 흡사 내 패잔의 모습이다.

'에라, 모르겠다!'

나는 이제껏 어린애들 때문에 만류했던 쥐약 처방을 주인에게 권했다. 그래서 집 주인이 부랴부랴 사들여온 것은 어린 고양이 한 마리와 강아지 한 마리였다.

"야옹, 야옹…. 낑낑낑…."

집안사람들은 그 소리에 백만 대군을 맞은 기대로 들떴다.

특히 온 몸이 알록달록하고 눈이 제법 날카로운 고양이가 내 마음을 흡족케 했다.

"조게 제구실할까요?"

"그럼요, 뼈다구가 고양이 아니요."

"정말!"

집 주인이 큰소리치는 바람에 고무된 나는 강아지와 고양이의 협동 작전(쥐잡기)을 크게 기대했다. 비록 몸은 작지마는 어딘지 큰 것을 노리는 폼과 절도 있는 움직임이 의젓한 고양이와 솜같이 부드러운 털에 천진한 눈망울로 꼬리치는 강아지….

더욱이 재미있는 것은 그 고양이와 강아지 사이가 흔히들 앙숙이라는데도, 서로가 오랜만에 만나는 친구라도 대하는 양 처음부터 사이좋게 논다는 사실이다. 그것은 마치 어린아이들이 숨바꼭질이나 하듯이 온종일 엎치락뒤치락 어울리다가는 고양이가 깡충 뛰어 마루나 부뚜막에 올라 "용용 죽겠지?" 내려보면 강아지는 사뭇 부러운 눈망울로 고양이를 올려보며 자그마한 꼬리를 살래살래 흔드는 꼴이 분명 미워서가 아니다.

그렇지 고양이와 강아지가 어울리는 마당에 거기 낄 수 없는 쥐들은 어디서 무엇을 하고 있는지(고양이, 강아지가 들어온 뒤는 쥐들의 극성이 덜했음). 아마, 캄캄한 구석에서 비상회의를 소집하고 구멍에 레이더를 설치하자는 아들 쥐의 제의에 모

두가 통금(通禁)이나 기다려보자며 교활한 눈망울들을 샐쭉샐
쭉 흘기고 있을는지 모른다.

(1964. 12)

기지촌변(基地村邊)

뜨거운 꽃밭

　모처럼의 휴일이기에 착실한 구들장 지기라도 되어보려고
묵은 잡지 나부랑이들을 집어 들고 누워있을라치면 벽 한쪽,
베니어 쪽 한 장 또는 유리창 하나로 경계를 이룬 앞, 뒤, 옆집
에서 창틀 밑 골목길에서 들려오는 소리….

　"요, ××할 년!"

　"이, ××질 놈!"

　깨지고 찢어지는 남녀 혼성에 이어 철썩, 철썩 매질에 "아이
구", "아야야!" 자지러지는 어린이의 비명도 곁들인다.

　"머, ×새끼야!"

　"이, ××할 놈이!"

　" 새끼, ×새끼, 앙, 잉!"

사내아이의 욕설과 앙탈에 뒤질세라 이번에는 여자아이 차
례다.

"니가 잘했어, ×년아?"

"머, ×년아!"

이 악 쓰는 소리는 분명히 어린이 놀이터(창 밑 골목)에서이
고 그를 응원이라도 하듯 끊임없이 귀청을 울리는 "으앙, 으
앙!" 울음인지, 웃음인지 놋그릇, 항아리가 한꺼번에 뒹굴어
터지는 굉음에 이건 또 그를 비웃기나 하는 듯 앞집에서는 쉴
새 없이 "삑, 삑, 빽, 빽…" 곡조 없는 노래의 연주다.

그 뿐인가, 바로 옆방에서는 주인네 귀가 먼 탓인지 온 동네
가 들어도 남을 전축 소리가 쿵쿵 방고래를 흔들어 창자까지
울려주는가 하면 그에 뒤질세라 뒷방에서는 어설프게 녹음된
음란 테이프를 풀어 한바탕 즐기는 판국이다.

"미역이나 오징어 사려!"

"어, 시원하고 맛좋은 아이스께끼!"

"어, 뻔데기요, 뻔데기!"

"신문이나 잡지 파이소!"

"어, 뻥튀기, 뻥튀기!"

"머리카락 팔아요….'

"채권이나….'

장사치도 밑질세라 맞서 온갖 세상의 소리가 교차되는 P기

지촌.

"이거 못살겠소, 숨 막혀서….'

"어디 몸 둘 데가 있어야지. 아이 답답해, 아이 더워!"

나 이상으로 집안 여자의 푸념은 당연하니 전후좌우 어디를 찾아도 벗은 몸뚱이 하나 가려줄 곳이라고는 없는, 아니 눈을 가려주기는커녕 이웃집 방 부부 사이의 소곤대는 소리조차 막을 도리가 없는 드러내 놓은 곳이니 어찌하랴.

번성경기(蕃盛景氣) 내로라는 이곳 노출 마을에서 약하디약한 신경과 맞선 의지 따위로는 버티어 살기에 너무나 벅찬나, '어서 떠야지, 직장에서 멀어도, 사글세방에라도….'

충혈 된 눈을 비비며 피신처를 찾아 나선 휴일의 오후, 나는 함껏 자태를 드러낸 길가 꽃들을 본다.

빨강, 노랑으로 핀 채송화, 백일홍, 해바라기에 이글거리는 염제(炎帝)의 거리를 할딱이는 나그네가 되어….

(1966. 8)

화장실

직장에서도 그다지 멀지 않은 거리에 있고, 더욱이 방이 둘이라는데 그만 혹해 부랴부랴 변돈을 얻어 들어온 집이었다.

'방 둘에 만원이라. 그래도 시(市)인데….'

내가 이곳 직장에 부임하면서부터 집 걱정을 해주던 S라는 친구가 곁들이는 말에 나는 더욱이 신이 나서 애당초 예정보다도 열흘이나 다 가서 이사한 집이 아닌가.

"전에 들었던 집보다 한갓져서…."

"주인이래야 딴 데 나가 살고…."

"그래, 거기서는 시끄러워서…."

"한길도 떨어져 있어 아이들도 안심되고…."

이사 오던 날 저녁 우리 내외는 그런 이야기를 주고받으며 퍽 흐뭇해했던 바로 이튿날 아침이었다.

"여보, 화장실이 어디지?"

나는 첫 아침 행사인 변소행 태세(담배 한 가치에 불붙여 물고 휴지 뭉치를 돌돌 말아 쥠)를 갖추고 부엌의 집사람에게 물었다.

"글쎄 변소가 없대요. 머 공동변소가 저쪽 길 건너에 있다는데…."

"머? 변소가 없어, 이거 야단났군!"

나는 처음 듣는 소리에 맥이 풀려 어찌할 줄을 몰랐다.

"…집 계약 때 그런걸 알아보지 않구."

"글쎄, 그런 걸 잊고…."

"여관에를 들어도 먼저 화장실 위치부터 알아둬야 한다지 않아?!"

집사람만의 불찰이 아님에도 여러 소리를 하게 된 나는 서둘러 말 줄을 거두고 그 공동변소를 찾아가며 두 아이를 생각했다.

'어른은 좀 멀어도 감당할 수 있지만 꼬마들은 어쩐다?'

과연 길가 너저분하게 늘어선 굴딱지 같은 지붕 밑에서 토실토실한 살피듬의 젊은 아낙네들이 변기를 들고 나오는가 하면 위품(威品)이 당당한 대머리 영감이 파자마 바람에 신문지 쪼가리를 손에 쥐고 나오는 모습이 보인다.

'이럴 수가….'

나는 그들로부터 말없이 안내 받는 공동변소에 다가갔다.

'허, 이거 원!'

온갖 오물과 쓰레기로 뒤범벅이 되어 질퍽한 곳에서 뿜는 악취에 코를 찔린 나는 기가 막혔다. 그보다도 그런 곳을 어떻게 피해 들어갔는지 뒤틀리고 떨어져 나가고 구멍투성이인 이름만의 문짝을 통해 훤히 들여다보이는 칸칸에는 남녀노소 대 만원의 작업(?)이 진행 중이고, 본디 회색이었는지 검정이었는지 분간키 어려운 벽에는 꼼꼼히 씌어진 수많은 낙서와 구멍들이 어지럽다.

'이느무 영감을!'

닳아 오르는 얼굴을 돌린 나는 싼 게 비지떡인 줄은 까맣게 잊은 채 허겁지겁 복덕방을 향해 줄달음쳤다.

(1966. 5)

몽상(夢像)

꿈이라는 것

'꿈으로 돌려버리자' 가 춘몽(春夢), 일몽(一夢)하는 말로 우리 입에서 많이 오르내림은 인간의 숙명적인 체념을 뜻함인지 모른다.

인생의 허무, 무상을 한탄하여 일찍이 우리의 위대한 정신적인 지주로 생애를 바친 성현들도 한낱 꿈으로 해결 지어 버리려는 그 인간사를 그 이상의 차원에서 추구했지만 결국 미제로 이어지는 오늘의 과제가 아니었던가. 하물며 우리 범인에게는 오늘도, 내일도 아닌 인류가 생존하는 영원한 그날까지 쉽게 꿈꾸고 또 쉽게 버리고 갈 것이다. 하지만 그 쉽게 버리는 꿈이란 또한 여러 가지 의미에서 우리와 더불어 있어야 하고 없을 수 없는 것일지 모른다. 그것은 우리 인생살이 그것이 곧 꿈일 수 있기 때문이리라.

촌맹(村氓)은 촌맹대로 초부(樵夫)는 초부대로 관원(官員)은 관원대로 상공인(商工人)은 상공인대로 크고 작은 꿈들….

이런 것들은 현실이 될 수도 있지만 그야말로 꿈으로 끝나는 게 사람에 따라 더 많을 것인즉, 그래서 그들은 꿈을 꾸게 마련인지 모른다. 나아가 '꿈으로 돌리자' 는 복잡다단한 인간사를 쉽게 현실적으로 해결 짓자는 체념이지만 '꿈을 갖자' 는 무료한 삶을 지양(止揚)하자는 의욕일진대 그것은 어디까지나 전망적이요, 기원(祈願)의 테두리 안에서일 것이다.

어떻게 생각하면 희(喜), 비(悲), 애(哀), 락(樂), 우리가 스스로 묶고 묶이는 것이 바로 이 꿈이랄까.

'간밤의 그느무 꿈이 길조는 아니야.'

'허, 꿈땜을 한걸!'

'금년엔 용꿈이라도 꾸었소?'

우리가 꿈 연구가가 아니더라도 흔히 관심 두고 듣고 또 지껄이는 말이다.

그런 말들은 산다는 게 마치 그 무슨 기적이라도 바라고, 또 그것을 의지해야 할 너무나 허약한 인간의 실토가 아니겠는가.

특히 내 생각으로는 서양보다는 동양에, 동양에서는 우리나라 사람에게 꿈이 많음은 기나긴 수난의 역사와 그로 인한 민족성 내지는 문화에 얽힌 연유도 그를 뒷받침함이 아닐까.

내가 어렸을 때 어른들 앞에서 나름의 꿈 이야기는 "예끼, 개꿈을!"이었지만 차츰 낭떠러지에서 떨어지고, 하늘을 날고, 절벽에 도전하고, 대통령을 만나는 등 이제는 꿈인지 생시인지 분별키 어려운 사람이 부르는 소리도 듣고, 글과 글자를 외우고, 얼굴(모습)을 보고 말을 건네는 등 나는 신경이 써지는 꿈의 세계를 맞고 있다.

예로부터 일러 내려오는 근세 이태조의 꿈, 신사임당의 태몽 등 계시, 투상(投像)하는 따위의 큰 꿈도 있지만, 일상 우리 인사(人事)의 길·흉을 점치기도 하는 꿈은 나의 그것과 같이 다양한 것이다.

"다몽(多夢)은 허(虛)에서"라는 약방 할아버지의 말씀과 같이 나는 몸이 쇠약했을 때 꿈이 많았다. 특히 음식(먹음), 흐린 물, 실뱀 등의 꿈은 심신(心身)이 개운치 않았고 그와는 달리 맑은 물, 큰 물고기 등은 마음부터 가벼웠다.

그런 나의 꿈에서부터 '봉 꿈, 소금 꿈, 돼지 꿈…' 따위는 예로부터 사람들이 무척 원하는 꿈이었기에 새해 덕담에도 오르내렸는가 하면, 재수 없다는 '이 빠진 꿈, 돈 꿈'과는 대조되는 '칼 맞으면 횡재, 불을 보면 운수 대통' 등은 몽상(夢像)과 현상(現像)이 역반(逆反)을 뜻함이니 여기 또한 '해몽이 좋아야…'가 있을 법하다.

어차피 일몽, 춘몽하는 우리는 인간인지라, 미련은 항상 길몽(吉夢)을 바라지만 어떤 꿈이 언제 이루어질 건지, 많은 보통사람들은 소위 '개꿈'만으로 치부될 뿐, 태조나 사임당 같은 분의 꿈에 얽힌 이야기는 단순히 해몽가의 몫으로만 여기지 않는다.

(1964. 1)

꿈길

큰 물고기를 잡는 것이 길몽이라고 생각하며 나는 구저분한 개천에서 잡은 물고기를 옆에 서 있는 누이에게 넘겨주었다.

차도 다니지 않는 삼십리(그렇게 생각) 거리, 나는 무슨 목적으로 이 도보 여행을 이렇게 떠났었는지 모른다.

웅성거리는 걸로 나와 동행자는 누이 외에도 다른 아이가 몇 있었던 것도 같은데 도대체 나는 그들과 같이 집으로 돌아오는 길인지, 집을 떠나는 길인지 해는 이미 서산을 넘었는데도 그저 어스름 길을 가고 있는 것이다.

'어떡하나? 갈 길은 태산인데….'

우리가 어떤 산길에 다다랐을 때 나의 마음은 초조했다.

"얘, 도로 돌아가자!"

내 이 말에 누이네는 갑자기 사라지고 나는 나대로 근처에 사는(산다고 생각) K라는 Y고교 교사(친분이 있는)를 찾으려는 순간, 어디선가 그가 나타나 자기 집을 가리키며 들어가자는 것이다. 그러나 내가 그를 따라 가려할 때 주변은 바뀌었다.

고대 서 있던 K도 간데온데없고 나만이 어느 벌판이라기보다 분지에 서 있는데 거기는 험준한 회색빛 산에 쌓여있는 농촌 같은, 그러나 문화촌(그렇게 보임) 입구였다.

'이런 산 속에….'

이렇게 생각하는 순간 어디서 나타났는지 노동자(그렇게 보임)들의 안내를 받아 나는 이 마을에 들어가고 있었다. 그들 (노동자)은 회색 도포 같은 옛 옷차림에 긴 검정장화(?)를 신고 육중한 몸에 머리에는 중절모 비슷한 모자를 깊숙이 눌러쓰고 말없이 느릿느릿 그러나 절도 있게 움직였다.

이윽고 점점이 산재한 또 다른 집들이 보이는 벌판에 다다르자 그들은 걸음을 멈췄다.

"자, 여기가 우리 작업장이오!"

(이런 말을 그들이 했는지는 몰라도 그렇게 그들의 움직임이 말해 주었다.)

그러자 차례차례 모자를 벗어 여섯 모가 난 회색 돌기둥 머리에 척척 씌웠다. 그런데 그 돌기둥 언저리를 둘러보니 바삭바삭 말라붙은 잔디밭으로 무덤이 여기저기 보이지 않는가.

"아니, 이건…."

내가 그렇게 보는 순간 노동자들은 없어지고 어디선지 노래 (유행가) 소리가 들려 나는 귀를 기울였다. 거기(술집)에는 분명 얼굴이 벌겋게 달아있는 두세 사람의 젊은이가 있을 거라고 생각하며 나는 머리를 들었다.

"저, 산!"

내가 처음 접했던 그 산이 금빛, 보랏빛으로 저녁놀에 부시게 빛나고 있다. 그러나 그 찬란한 풍경에 도취도 잠시 "쉬—" (물론 그런 소리를 들은 게 아님) 분위기가 돌변했다.

"어사 출도!"

이런 소리가 또 들린 것은 아니었지만 주위 분위기가 그렇게 바뀌어 돌아갔다.

"민주 사회에도 이런 일이 있구나!"

숨을 곳을 찾아 갈팡질팡하던 나는 그만 개울에 신을 떨어뜨리고(꿈에 신을 잃으면 재수 없다고 생각하며) 어쩔 수 없이 어디론가 휩쓸려가고 있었다.

(1960. 10)

충수염과 구렁이

비가 오는 건지 멎은 건지 구중중한 여름밤이 우리 부부에게는 싫었다.

비좁은 마루를 사이에 두고 건넌방이라는 게 통하는 곳이라고는 단 하나, 안집(방)과 마진바라기여서 아무리 더워도 그걸 열어젖히고 식구끼리 꿈을 청하기란 매우 껄끄러웠다.

더구나 여름철에 접어들면서 놀고(?)먹는 두 젊은 주인 남자는 우리 방의 곱절을 넘는 자기네 안방이 좁다는 듯이 아랫도리만 약간 가린 채 그 피둥피둥한 몸뚱이를 자랑이나 하듯이 마루에 드러내놓고는 이리 뒤틀 저리 뒤틀 무인자약(無人自若) 우리 방의 기를 죽이는 것이다.

어디 그뿐인가, 이런 궂은 밤일수록 쥐들은 기회를 놓칠세라 습기에 짓무른 방구석 요소요소에 통로를 개척하느라 법석이니, 땀내와 곰팡내를 그들과 한데 마시는 역겨움을 삼키며 우리는 죽은 듯이 이 방을 지켜야 한다.

"여보, 웬 꿈자리가 그렇게 사나울까?"

그래도 제법 숨소리라도 풍성하기에 눈을 붙였는가했던 집사람이 몸을 뒤트는 내 요동에 낌새를 놓칠세라 말을 건넨다.

"그건 몸이 약해서겠지…."

"참 이상해요, 요즘은 그저 눈만 붙이면 뒤숭숭한 게…."

"그래?"

실은 내가 먼저하고 싶은 꿈 이야기를 선수를 치고 나온 것이다. 그러나 내가 감히 꿈 이야기를, 더구나 밤중에 못 지껄이는 까닭은 어렸을 때 어머님 말씀(특히 밤에 꿈 이야기를 하지 마라)이 생각났기 때문이다. 그래서 그날 밤에도 어둠 속에서 꿈인지 생시인지 분별할 겨를도 없이 2막, 3막 몰아닥쳤던 나의 꿈 이야기도 통 입밖에 내려하지 않고 혼자 '남원(南院)'이란 두 한자(漢子)만 머릿속에 간직하다가 그만 집사람의 꿈 이야기를 듣게 된 것이다.

"구렁이가 엄청 긴 게 두 마리, 그 중 한 마리가 글쎄 그 집(이사 가기로 한 집) 문간에 목을 졸려 매달려 꼬리만 발발 떨고 있지 않아요?"

"—? 좋은 꿈야…."

나는 해몽(解夢)이 좋아야 한다는 믿음(?)에서 우선 이렇게 대꾸하며 나 자신도 믿으려했지만, 그 긴 동물이 목을 매고 꼬불탕 거리는 꼴이 좀처럼 머릿속에서 지워지지 않았다.

"…그나마도 잠 다 잤다."

모든 꿈에서 깨어나려 돌아누운 나는 그러나 어둠 속에 되살아 떠오르는 '남원(南院)'을 읽으며 나름대로 해몽에 골몰했다.

이튿날 나는 점심 도시락을 교실에 들고 왔던 이웃집 여학생에게서 들은 이야기가 있어 퇴근시간이 되기가 바쁘게 집으로 돌아갔다.

"왜 또 그래?"

후텁지근한 공기가 훅— 풍기는 방에 이불을 뒤집어 쓴 집사람을 보고 나는 대수롭지 않게 말했다.

"아침 먹은 게 체했나봐요, 사뭇 춥고 떨려서…."

머리를 바스스 쳐들고 나를 바라보는 그의 얼굴은 상기되고 매우 괴로워 보였다.

"약은?"

"옆집 할머니가 사다주셔서…."

모기소리 같은 그 목소리에서 나는 이상한 예감이 머리를 스쳐갔다.

‘체했다?’

이런 때 나는 버릇같이 의학사전을 들춘다.

“어떻게 아픈데?”

“가슴이 터지는 것처럼 아프더니 이젠 아랫배가 아파 못 견디겠어요. 그리고 등이 바르고….”

‘위경련인가?’

나는 위경련 난을 우선 읽고 나서 다시 복막염을 찾았다.

‘등이 바르다?’

“아랫배 어느 쪽이지?”

“돌돌 뭉치는 게 꼭 그것(태아)이….”

그렇다면 약도 함부로 쓸 수 없지 않은가. 나는 다시 ‘맹장’ 난을 살폈다.

‘충수염’이라고 나와 있었는데 위경련, 복막염, 뇌막염 등 증세와 그것이 그것 같아 ‘이것’이라 가려낼 만한 병명 판단을 내리기는 나로서 불가능하다고 생각되었다.

나는 곧 약국에 가서 증세를 이야기하고 두어 가지 종류의 직효약(?)을 사다 먹였지만 삼십분이면 효과를 본다던 그 약은 한 시간이 넘고 두 시간이 넘어도 효과는커녕 더 큰 통증을 호소했다.

“거, 무슨 약이 그래요, 아랫배가 터지는 것 같아 못살겠어요!”

이젠 잿빛처럼 질린 얼굴에서 진땀을 빚어가며 눕지도, 앉지도 못하고 쩔쩔매는 판이다.

"병원에 가자."

평소 병원에 가기를 그렇게 꺼리던 사람이 보다 못해 일어선 나의 부축을 받으며 간신히 일어섰다.

'어느 병원으로 가지?'

문간을 나서며 주머니에 손을 넣으니 집히는 것은 꼬깃꼬깃 접힌 청구서, 영수증뿐 가뜩이나 비 내리는 거리를 가야할 차비가 없었다.

"어디 걸어봐요."

그러나 얼굴에 핏기라고는 찾아볼 수 없는 집사람은 힘없이 손만 내민다.

"자, 내 어깨를 꽉 잡고…."

우산을 한 손으로 받치고 한쪽 어깨에는 집사람의 온 몸 무게를 지탱하며 간신히 차도에 나온 나는 뒤따라 나온 옆집 할머니가 잡아준(차비도 치러줌) 차로 ××병원을 찾았다.

"식체에서 난 병이 아닌데요."

응급실 의사는 기진맥진한 집사람을 동정어린 눈으로 건네보며 말했다.

"그럼요?"

"산부인과로 가보세요."

의사의 말에 간호원이 안내하는 산부인과로 옮겨갔지만 그
러나 거기서는 태아에 이상이 없으니 외과로 가라는 것이었다.

"어디가 아프지요?"

"이제는 아랫배 전부가 아파졌어요."

의사는 목에 기어드는 집사람의 말이 채 떨어지기도 전에 옆
에 있는 침대를 가리켰다.

"맹장?…"

한 삼십분이나 지났을까, 간호원의 부축을 받으며 삼층 X—
RAY 검사실을 거쳐 내려오는 집사람의 일그러진 얼굴을 본
나는 눈앞이 흐렸다.

"어떻게 됐지?"

"글쎄 그렇다니까요, 맹장이래요!"

병명을 알아낸 안도가 아픔을 넘어섬인지 아까 와는 달리 흙
빛을 띄운 집사람의 얼굴에 미소가 떠돌았다.

"그래?!"

나도 한고비를 넘어섰다는 후련한 마음으로 다시 외과실로
들어갔다.

"시간문젭니다. 벌써 퍽 악화됐어요. 창자가 상하면 복막염
위험이 있으니까요."

안경을 낀 나이가 지긋한 의사 한사람이 테이블 위에 두꺼운
책을 펴놓고 그렇게 설명했다.

"어떻게 합니까?"

"어떻게가 아니라 수술을 서둘러야지 않아요!"

"수술, 받아야죠."

"어서 입원수속을 하시오."

집사람이 ○○호실에 옮겨져 몸 소독을 받고 있을 때 나는 옆 사무실에서 '…수술 전·후를 막론하고 ××, ××에도 일체…' 서약서에 떨리는 손으로 도장을 찍었다.

이윽고 흰 홑이불에 덮여 나오는 집사람의 카에 매달린 나는 '남원(南院)'을 떠올리며 신(神)을 불렀다.

(1965. 1)

그날 그 시각

1950년 종전(終戰)과 더불어 내가 아우(다섯째)와 단 둘이 어렵게 도강(渡江), H동(洞) 집에 들어간 게 10월 하순께였다.

전기가 들어오지 않았기에 우리는 사기 어려운 양초를 아끼려 저녁에는 밥 먹기가 바쁘게 잠자리에 들었고 이불 속에서 이야기를 나눴다.

그날도 여느 때와 같이 직장(D구청)에서 돌아온 나는 아우가 마련한 저녁밥을 먹고 이내 잠자리에 들었다. 그런데 잠이 들었는지 생시인지 별안간 홍수가 범람한 한강 저쪽에서 부친

(父親)이 나타나시어 강심(江心)으로 다가오시며 나를 부르시는(소리는 안 들림) 게 아닌가.

"위험해요!"

도무지 나오지 않는(내 꿈에서는 목소리가 안 나옴) 나의 목소리였지만 내 온갖 몸부림에도 아랑곳 안 하시고 급기야 온몸(부친의)이 물 속에 잠기시는 순간 부릅뜬 부친의 눈이 번쩍 빛을 쏘며 모든 형상이 사라지셨다.

무서워서 잠시 몸을 움츠린 내가 간신히 소리를 내어 옆에 누운 아우를 흔들자 그는 아직 잠이 들지 않았던지 벌떡 일어났다.

"꿈인지 무언지, 글쎄 아버지가⋯."

"뭔데요? 왜 그래요?"

말을 채 잇지 못하는 내가 혹시 잘못된 상태로 알았는지 아우는 큰소리로 다그쳤다.

"글쎄, 아버지가 강물 속에⋯."

내 이야기를 듣고 난 아우 역시 이상하다며 양초에 불을 붙여 벽에 붙은 달력을 살펴보았다.

"우리 집에는 요새 제사도 없는데⋯."

그는 제삿날 무렵에는 조상님이 현몽한다는 집 어른들의 말씀이 생각나서인지 그렇게 말했다.

"지금 몇 시지?"

"아직 초저녁인걸요."

나는 머리맡 손목시계를 보며 오랫동안 버릇처럼 적어온 일일(日日) 기록부에 날짜와 시각을 적어 넣었다.

그로부터 한 달여, '1·4후퇴'로 아우는 군에 입대(국민병)하고 나는 공무원 신분(신체검사 결과)을 인정받아 고향에 내려갔는데, 그동안 연세(60)나 지병(持病), 건강 등 전혀 예상치 못한 나에게 그날 그 시각의 꿈이 부친의 운명(殞命)을 전했을 줄이야….

(1964. 1)

주(主)와 객(客)
- 내 가릴 수 없는 O·X

자유 또는 민주주의 운운하는 말 자체가 쑥스럽기 짝이 없지만, 특히 세사(世事)에 둔감한 나로서도 '이것은?' 하는 때가 종종 있다.

말할 나위도 없이 민주주의는 국민이 주인이기에 각기 주어진 인간으로서의 권리를 부려쓰는데 그 무슨 이의가 있으랴마는 안된 것을 된 것으로, 된 것을 안 된 것으로 잘못 행사하는 경우가 없지 않은 것 같아 보고 듣는 이로 하여 진·위(眞·僞)를 헛갈리게 하니 말이다.

'내가 하는 일 누가 뭐래!'

'내가 싫은 일 누가 뭐래!'

이런 식의 생각이 민주주의인지, 그것은 결국 나를 위해 남의 희생을 강요하는 결과가 되지 않을는지….

그러한 민주광장이 이십 연륜을 넘어선 오늘, 그 세련(자신)감에서인지 당당하게 밀어붙이는 공인(公人)에게서도 곧잘 목격되고 있다.

"여기 좁아요, 저쪽 있잖아요!"

"기다려요, 지금 바빠요!"

도끼눈으로 사뭇 호령하는 차장이 있는가하면 관청 민원 담당의 쏘아붙이는 소리….

얼마 전 모 청(廳), 모 과에 들렀을 때의 일이다. 되도록 빨리 해야 할 서류였기에 부랴부랴 하지만 점심시간을 고려해 다 다른 청 안은 거의 무인지경이라 창구 언저리에서 얼마동안 서성거리다가 드디어 여 사무원 한 사람을 발견하고 반가워 다가갔다.

"저, 이거 속히 좀 부탁합니다."

"뭔데요?"

내가 내민 서류는 거들떠보지도 않고 퉁명스럽게 한마디 던

지고는 막 옆에 들어와 앉는 남자 사무원 쪽을 향해 고대 점심 먹은 기담(?)을 토하기 시작하는 것이다.

"시간이 없습니다."

나는 큰 소리로 접수를 재촉했다.

"시간은 댁의 시간 아녜요?"

그러나 나는 치미는 감정을 억누르며 조심스럽게 다시 말을 건넸다.

"미안합니다만 빨리 좀 부탁합니다."

그제야 마지못해 내민 서류를 흘끔 들여다보더니 창구 밖으로 밀어냈다.

"잘못됐습니까?"

"그건 그렇게 빨리 안돼요."

기가 막혔지만 그러나 즉시 안 된다 해서 도로 가져올 수도 없기에 그 사무원에게 서류를 맡겨둔 채 터질 것 같은 흥분을 삭이며 밖으로 나왔다. 그 후 여 사무원의 말에 따라 십여 일이 지나 다시 들른 나는 실로 아연했다.

"가만있자, 그게 어디 들었더라?"

"잘 좀 찾아보세요."

아무래도 이 치사한 관문을 통해야 할 서류이기에 나는 오히려 그전 여 사무원에 대한 불손(?)했던 언사가 뉘우쳐지기도 했으니, 도대체 누가 주(主)고 누가 객(客)이란 말인가.

차장도 여 사무원도 아닌 민주주의의 '주인', 유치원 어린이도 쉽게 가려 쓸 수 있는 O·X를 나는 감히 가릴 용기가 없었다.

(1969. 3)

여주(驪州) 유정(有情)

일정(日政) 말, 내가 학교 행군(行軍) 길에서 기억된 이름이었다.

목적지인 용인을 거쳐가는 좁다란 철길, 수려(水麗)선의 종착역이 곧 여주였기 때문이다. 그것이 인연이었는지 6·25 사변 후, 정확히 말해서 1952년 11월 15일, 나는 그 여주의 중심지 읍(邑)에 있는 Y교의 교사로 임명되어 부임한 것이다.

발령을 받았을 때 선배인 K도 장학계장 L선생은 나에게 말했다.

"L선생, 문학하기에 큰 도움이 될 멋있는 곳입니다. 학교 바로 뒤뜰에는 남한강이 굽이쳐 흐르고 2층 교사 뒤에는 청심루 (내가 갔을 때는 8·15 혹은 6·25 때 불타 없어지고, 주춧돌만 남아 있었음)가 자리해 있어 거기에서의 경관은 일품이라" 일러주었다.

과연 혼란과 전란의 상흔이 생생한 건물이나 거리 그리고 일그러진 주민의 표정 따위는 아랑곳없이 그 남한강만은 푸름을 잃지 않고 늦가을의 고요를 머금고 유유히 흐르고 있었다.

'고향이 그리워도 못 가는 신세….'

이 애조를 띤 유행가는 지금 '꿈에 본 내 고향' 이니 해서 널리 불리고 있지만, 그 누구는 '남한강 소식' 이란 곡목으로 동란 중 피난지에서 이 고장 출신(지방 음악인)이 망향의 정을 달랜 노래라고도 한다.

이 고장에 정붙여 십여 년, 나는 제2의 고향으로 정착했었다고나 할까.

"한강 물 푸른 줄기 구비치는 기슭에…", "논에는 기름진 쌀, 강엔 잉어 떼…" 등등 내 스스로 교가(校歌), 군가(郡歌)를 지어 노래했듯이 자채벼에 기름진 쌀과 특히 이곳 남한강에서 잡히는 잉어의 맛은 다른 곳의 그것과는 판이해서, 옛날에는 임금님의 수랏상에 올랐기에 어쩌다 궁중 하인이 다른 곳의 것을 사 올리는 날에는 크게 임금님의 노여움을 샀다는 이야기도 전해 내려오기도 한다.

강상(江上)에 배를 띄우고 그물을 던져 잡아 올리는 물고기(잉어 외에도 쏘가리, 메기, 붕어, 피라미 등 다양)를 즉석에서 회로 안주 삼아 역시 이 고장의 자랑거리인 술(약주, 막걸리)

을 마시는 멋과 맛은 아마 이 고장이 나를 호주가로 이끈 견인
력이었으리라.

이와 같이 여주는 맛과 멋을 빚는 흙과 물의 빼어남에 또한
명당(明堂)됨인지 찬연한 우리 역사의 상징이신 영릉(英陵,
세종대왕 능)과 영릉(寧陵, 효종대왕 능)을 비롯하여 우암 송
시열 선생의 사당이 있으며, 고승(高僧) 원효대사의 창건에 얽
힌 이야기로 이름난 신륵사가 남한강을 앞에 끼고 옛 풍류를
엿보이는 영월루와 마주해 있다. 그리고 읍 근처 마을에는 비
운에 가신 근세조선 명성황후(明星皇后)의 생가가 옛 모습 그
대로 남아있다.

그런 연유에서였는지 1961년 10월 9일, 한글날 기념식 전에
박정희 대통령이 지방 성역지로서는 아마 맨 먼저 찾은 곳이
이 영릉이 아니었었나 생각된다.

그러나 내 세 아이의 외가요, 출생지(막내는 인천)이기도 한
그 여주는 어디까지나 타향이다. 그곳을 떠난 지 근 이십년, 두
고 온 그날의 그 정경들이 어찌 오늘의 그것이랴 마는 내 추억
속에 머무는 아름다움은 영원하리라.

(1983)

추억(追憶) 길

– 이 글은 1963년 11월 1일부터 3박 4일의, 당시 여행일기를 정리한 것이기에 '추억(追憶) 길'로 제(題)했다.

대관령 길

1963년 11월 1일, 교육회가 주관한 소위 '중견교사 교육시찰 여행'에 나도 영광의 일원으로 끼었다.

오랫동안 Y개구리였던 우리 20여 단원은 전세 버스에 올랐다.

포장이 안 된 좁은 지방 도로를 동으로, 동으로 누벼 가는 것이다. 문막에서 원주로, 원주에서 횡성에 이르렀을 때 버스는 잠시 멈추어 식사 겸 휴식을 취한 뒤 계속 시골길을 달린다.

산과 산 사이 분지를 이룬 거기에는 개울이 흐르고 사람의 손에 의해 논과 밭이 일구어져 바야흐로 결실의 가을을 드러내고 있었다.

바람에 출렁이는 옥수수나무 숲 사이에 빨간 고추가 얹힌 버섯 갓 모양의 초가가 몇 채씩 모여 있고 마을 앞 냇가에는 말쑥하니 솟은 미루나무 밑에 누런 어미 소가 한가히 누워있다. 그것은 내가 어릴 적에 그림책 같은데서 보고 즐겨 그린 우리 농촌의 얼굴 같아 감회가 새롭다.

백지(白地)

어디서 본 그림인데

언젠가 그린 그림인데

누구의 장난인가

모두가 중색(重色)되고 혼색되어

무색(無色)에

희화(戱畵)만 가득하구나

원색(原色)을 찾아 눈을 돌리면

안개 드린 하늘이

보라로 물들고

지척의 웅덩이에는

몇 줄기 부초(浮草)가

개구리 부르는데…

화가는 어디 가고

도화지만 펼쳤는가

잃어버린 그림 앞에

주인은 울고 있다.

(필자의 수첩에서)

인가와 숲을 자꾸 뒤로 밀어내는 듯 버스는 붕붕거리며 산속을 파고 들어간다.

울긋불긋 물든 산들이 떨어지는 잎새 위에 잠드는 듯 고요는 가을만큼이나 깊어간다.

지도상에도 두드러지게 나타난 대관령, 버스가 산모퉁이를 여러 번 돌아갔을 때 일행 중 누군가가 소리쳐 창 밖을 내다보라는 것이다.

아, 길, 길, 길….

마치 토성(土星)을 두른 테를 연상케 하는 둥근 선이 우리를 받치고 있는 게 아닌가.

제자리에서 맴돌고 있는 것 같지만 버스는 지금 분명히 동해 쪽을 향해 우리 국토의 등심부를 넘고 있는 것이다.

산 산 산

산 산 산

바다를 굽어보고 노래 부른다

산 산 산

세상을 눈에 넣고 소리 지른다

산 산 산

구름 타고 별 따며 하늘을 간다.

(필자 동요집에서)

우리는 어느 지점에선가 버스를 세웠다.

오랜만에 초가가 몇 채 보이고 길가에는 여인네가 나와 앉아 옥수수 따위를 팔고 있다.

까맣게 탄 찌든 얼굴들이지만 삶을 딛고 선 여유 있는 산(山) 모습과도 같다.

아침 일찍 Y를 떠난 우리는 횡성에서 빵과 음료수로 식사를 때웠기 때문에 시장기가 들었다. 길가에 있는 주막 같은 집에 식사를 부탁했더니 조가 주곡인 잡곡밥이 나오고 옥수수로 담근 막걸리가 나왔다. 우리에게는 별미였지만 그들은 이밥(쌀밥)이 부럽단다.

그러고 보니 산비탈은 온통 돌이고 군데군데 쌓여있는 것은 옥수수나무, 수수깡들로 지붕도 그것으로 덮여있다. 특히 몸통이 크고 알이 굵은 옥수수들을 처마에 주르르 매달아 놓은 광경은 나로 하여금 대관령임을 일깨워준다.

버스가 다시 나선(螺旋)을 타고 돌기 시작한지 2, 3분이 지났을까, 참으로 오랜만에 우리 반대편에서 트럭 한대가 나타났다. 우리가 차창 밖으로 손과 얼굴을 내밀고 반기자 그도 화답

했다.

"강릉 가시는구려, 다 넘었시다."

버스와 트럭이 엇갈리는 순간 환히 웃는 그의 얼굴을 보고 우리는 마치 어린애처럼 떠들어댔다. 그것은 대관령을 넘었다는 후련함과 모처럼 맛본 순수한 사람 사이에 오간 대화의 여운인지 모른다.

강릉과 동해

파도와 같은 긴 숲길을 달린 버스가 강릉에 닿은 것은 땅거미가 질 무렵이었다. 우리는 정해진 여관에 짐을 풀고 반주로 강릉 약주를 청했다. 강릉 아가씨 이야기가 여러 사람의 입에서 오르내렸지만 워낙 피곤한 몸들이라 미색식후탐(美色食後貪)이랄까, 식사가 끝나자 모두가 벌렁벌렁 자리에 누워버렸다.

이튿날 우리는 타고 온 버스로 오죽헌(烏竹軒)을 찾았다.

묵은 감나무들이 여기저기 눈에 띄고 차분히 그리고 정갈하게 숨쉬는 마을….

버스에서 내려 몇 골목길을 거쳐 대나무 숲 밑의 낡은 기와집 앞에 다다르자 시간을 맞춰 나온 안내자가 우리 일행을 안채로 인도한다.

이 집이 바로 저 위대한 정치가로 대학자로 우리 역사에 찬연한 업적을 남긴 동양의 철인 이율곡 선생의 어머니가 자라고 선생을 낳으신 곳이란다.

안내자는 신사임당께서 쓰시던 벼루, 먹들을 차례로 보여주고 다시 별채의 방 앞으로 안내했다.

"이 방이 태몽에 용을 보시고 율곡 선생을 가지신 방입니다."

문구멍으로 들여다보이는 옛 모습 그대로의 시골 방 앞에서 우리는 숙연했다.

효녀요, 현모요, 양처인 신씨는 이미 역사 속의 인물이지만 지금 우리 눈앞에는 그 숨결이 생생히 살아 우리를 가르쳐 주고 있다.

읍별자모(泣別慈母)

鶴髮慈親在臨瀛(학발자친재임영)

身向獨去長安情(신향독거장안정)

回首北坪時一望(회수북평시일망)

白雲飛下暮山靑(백운비하모산청)

늘으신 어머니와 눈물로 이별하고, 고향(강릉)을 떠나 님 따라 서울 가는 길, 돌아보고 돌아보고….

그녀의 아름다운 맵시와 고운 마음씨를 지켜본 대관령 길, 인생은 무상하다. 그러나 역사는 그를 놓치지 않는다.

우리가 버스에 돌아오자 기다렸다는 듯이 꼬마들이 손에 손에 신문, 껌, 구두 통을 들고 차 안으로 몰려왔다.

"신문사이소!"

"신발 닦아예!"

여기는 분명 강원도인데 아이들의 경상도 사투리가 어쩐지 나의 귀에는 애교로 들려 선뜻 신문을 샀다.

이제 경주로 가는 길이다.

스쳐 가는 여인에게서도 정숙한 품위마저 느끼는 강릉의 아쉬움을 끄는 듯 버스는 느릿느릿 동해 가를 남으로 빠져나간다.

마을 앞 웅덩이와도 같이 건물에 둘러싸인 바다가 검푸르게 빛나는 묵호를 지나니 길은 점점 들쭉날쭉 나이든 운전사가 연실 이마의 땀을 씻는다.

마주 오는 차를 비낄 여유커녕 한 발짝 내려서면 천야만야(千耶萬耶) 낭떠러지에 내다보는 우리도 가슴 졸인다. 그러나 나(우리)는 그 아슬아슬한 자신의 위치를 쉬 잊고 아름다운 바다의 경관에 사로잡힌다.

우리의 발 밑에는 수천만의 백조가 나래를 펴고 춤추듯, 구르듯 오가는 하얀 물결이 기슭에서, 해면에서 요동하는 것이다.

달려들고 물러서고 처음도 끝도 없는 그 선율은 누구의 연출

인지, 바다가 파란 무대로 착각된다.

　어느덧 시야가 흐려지며 포항을 지나치니 경주가 지척이라는 소리와 함께 모두가 오랜 잠에서 깨어나는 양 차안이 웅성거린다.

신라의 달

　웅거(雄巨)한 능분, 유적들이 너른 벌판을 압도하는 천년사직의 옛 바람이 아직 불고 있는 인상이다.

　예약된 여관에 짐을 푼 나는 2박을 '신라의 달'에 젖어봤으면 하는 부질없는 감상에 젖어 J선생의 표정을 살폈다.

　Y를 떠난 지 사흘째, 우리 일행은 아침 식사를 서둘러 마치고 석굴암과 불국사를 향해 떠났다. 동해를 넘보며 왜구를 견제하는 신라의 의지가 승화되어 이룩된 형상, 그것이 바로 석굴암과 석불이 아닐까. 생각보다는 토함산에 오르는데 시간이 걸려 여기 신비로운 일출(日出)을 관상(觀賞)하지 못한 아쉬움을 안고 내려오는 길에 불국사를 찾았다. 국태민안(國泰民安)을 기원하는 신앙이 예술의 극치에 이른 불국사와 거기 보존하는 탑과 불상, 내 여기 또 무슨 군소리가 소용이랴.

　안내 스님의 이야기를 사기며 경내 외에 눈길을 던지는 우리 일행은 빠듯한 일정에 쫓기듯이 포석정으로 향했다. 한적한 벌판 인상 속에 자리한 포석정….

여기가 신라 천년사직의 막판이 펼쳐진 곳이려니, 오밀조밀한 짜임새나 그 자리에서 나는 귀인의 풍류와 아수라장의 양극을 함께 보았다.

부귀영화의 덧없음을 새삼 마음에 사기며 발길을 돌린 우리는 일찍이 천문 등 과학에도 뜻을 편 신라의 슬기 첨성대, 석빙고, 안압지 등을 두루 살피고, 금방 닭이 울고 나타날 것 같은 계림을 거닐며 나는 민족의 자부 같은 것을 느낀다.

그 길로 분황사에 들른 우리는 9층탑 밑에서 기념사진을 찍고, 시(市) 동쪽(무열왕릉 서쪽) 외곽에 자리한 왕릉 등을 찾았다. 화랑을 일으키고 삼국을 통일하고 태평을 구가한 세월 속에 극복한 크고 작은 내, 외환 중에 나는 왜조(倭朝) 신공황후(神功皇后)의 시라기(신라)정벌 운운하던 일제 때 소학교 국사를 잊을 수 없다.

여기 잠드신 우리 지인이여, 용장이여, 귀인이여, 그대 말씀 듣고 싶구나….

어느덧 해는 서쪽을 향해 꼬리를 끌기 시작한 오늘, 우리에게는 너무나 짧은 일정에 벅찬 하루였기에 차라리 처음부터 왕릉이라도 차분히 찾았더라면 하는 아쉬움들이었다.

숙소로 돌아오는 길에 J선생과 나는 음식점에 들렀다.

경상도 사투리 여인네에게 무심코 성(姓)씨를 물었더니 이

씨, 김씨, 최씨에다 본관이 한결같이 '경주' 라는 것이다. 그러
고 보니 아까 시(市) 외곽의 문패에 이(李)씨, 김(金)씨가 단
연 많았던 것이 우연이 아닐 것 같다.

그렇지, 이 천년고도(古都)를 지켜 살아온 주인을 위해 '신
라의 달' 은 오늘밤에도 그들 머리 위를 비추리라.

귀로

경주를 떠나 영천을 지나자 여기저기에 유달리 빨간 사과 열
매가 눈에 띄어 알아보니 대구란다. 그러나 대구 사과는 아랑
곳 않고 버스는 점촌을 지나 말로만 듣던 문경새재를 허위허위
넘어 충북 수안보에 섰다.

온천이 이룩한 산간의 아담한 마을이랄까, 상가가 있고 여관
이 있고 작은 규모의 문화시설도 갖춘 쉴만한 곳이었다. 그럼
에도 시간에 쫓기는 우리는 목욕도 하는 둥 마는 둥 앞으로의
일정에 마음이 급했다.

우리나라 동·중부의 영, 재를 넘은 이천리 길, 자동차라는 이
기는 그 험하고 멀다던 여로를 당겨, 우리를 뜻 깊은 삶의 공간
으로 넓혀주었으니 이 얼마나 대수로운 일인가. 그러나 그 험하
디 험한 산길, 절벽 위를 오로지 우리의 생명을 보장해 준 나이
많은 운전사 영감은 돌아온 지 며칠만에 세상을 떴다는 비보를

전했었다.

(1981. 여름 정리)

3장
낙서과외(落書課外) 1·2·3 …

목소리

Miss 리 : 아이, 저는 목소리로 선생님을 알아 뵈었어요.

老교장 : 처녀는 늙은 남자나 얼굴로 알아보지 머.

춘몽(春夢)

허, 시시하니 다시 한 번, 억지니 다시 한 번, 잊었으니 다시 한 번.

미완성품

생성 발전의 도상에 있으니 그런 대로 부서지지 않느니, 완성이야! 여기 인간이 신에게 기도하고 있다.

음주형(飮酒刑)

피고는 만취 속의 방담,

판사는 깨인 날의 기억,

형량은 최고 불쾌지수!

더 나가면?

낭떠러지가 아니면 고작 제자리에 돌아올 수밖에….

나그네 길

길을 잘못 들었다. 거기 지름길이 있었다. 아이 피곤해, 억울
해, 분해. 그러나 길은 끝이 있다는 걸 왜들 잊지?

욕망

대형 X-RAY 렌즈가 거리의 사람들을 비춰보고 있다면 뼈, 장
기의 성형은 물론 그것을 노리는 강·절도가 없을 수 없으리라.

신(神)이여, 인간에게는 불가침(不可侵)의 장벽은 없습니다.

연가(戀歌)

버드나무는 소나무를, 소나무는 버드나무를 그렸다. 그러나
그들은 생애를 산과 강의 노래만 띄웠다. 〈산바람 강바람〉

어떤 미련

그는 하숙방 건너편 집 주방을 바라보았다. "내일 저는 가요, 아버지가 찾으러 오셨거든요." 눈물을 글썽이던 영숙이에게 '우산이나 들려 보낼 걸.' 그는 영숙이가 갖다놓은 우산을 들고 빗속의 정류장을 바라보았다.

소중한 그 말씀들

"쌀 깨질라, 눌러 비비지 마라. 가난보다 더러운 게 없다."
〈외할머니와 어머니의 말씀〉

"악에는 천벌이 내리는 법, 왜병의 앞잡이, 왜경의 끄나풀, 사기, 협잡, 살인, 강도. 저 김 모, 박 모의 끝을 보라. 급사, 횡사, 절손 등등 악이 있는 한 전쟁은 끝나지 않는다."
〈9·28 수복 후 서울로 떠나는 우리에게 주신 선친의 말씀〉

"흰 개(犬) 꼬리 삼년을 굴뚝 속에 묻어두어도 검둥이가 안 되느니라."〈생전 할아버지의 말씀〉

할아버지의 악기

한문을 가르치시던 할아버지가 악기를 만드셨는데 해적(해금을 그런 이름으로 부르셨다)이라나? 그 신기한 소리를 들은 우리(어린)는 할아버지가 꼭 다른 사람으로 보였다.

이순신과 거북선

할아버지의 설명 : 치고, 두드리고 배 안은 잔치(?)판, 이 유인술에 말려든 왜병은 조작된 연모에 팔다리를 잃고 물귀신이 되었다.

소학교(왜정) 국사 : 5학년(?) 국사 교과서 한 귀퉁이에 '남해 바다에는 이순신이 나타나 우리군(왜병)을 괴롭혔다.'

유한(有限)

인류사가 비롯되면서 이제껏 수많은 유명무명의 어버이들이 이 지구상에서 사라졌다. 나와 자식과 손자, 그 한마디(寸) 한마디의 만남이 얼마나 소중한 것인지 내 어머니를 여의니 가슴에 사무친다.

상처(傷處)

"가난은 자랑은 못되지만 수치는 아니다"라는 어느 외국 작가의 글을 읽은 적이 있다. 과연 그럴싸하면서도 사람들은 수치 되는 가난을 가리고 숨기느라 급급하다.

고속도로가 트이던 날

분명히 구름은 잡을 수 없다. 꿈으로만 행복을 빚을 수는 없다. 경제가 자라고, 문화가 꽃피고, 교육이 높아지고, 종교가 윤택한 내일을 향해 빚은 하늘의 것만은 아니다.

보라, 우리 가슴에서 뻗은 이 험한 빛살이 영원할 겨레의 번영을 일깨워 펼쳐주지 않는가.

이제 동맥이 뛰는 조국의 굳센 몸체 속에 무정량(無定量)의 소실점이 무한대의 가능을 안기며 아세아가 열리고 세계가 잇따라 우리 앞에 다가오니, 여기 빛살은 태양의 것만은 아니다.

형식과 내용 - 창작 시조를 대하며

새 부대에 헌 것 담아도, 헌 부대에 새 것 담아도 걸맞지 않는다. 새 부대에 새 것을 담는 게 바람직하지만 여기에서 부대라는 영역을 벗어나면 아무 의미가 없다. 그것은 어디까지나 부대는 부대로서의 소용이 있기 때문이다.

왜곡(歪曲)의 현장

어느 강의실 : 멋지게 꼬부려 붙인 영(英) 철자와 그림 그리듯이 그려놓은 한(漢)자 그리고 그 사이를 메운 한글의 틀린 받침, 철자를 보며 생각한다. "글씨 잘 쓰는 건 면서기, 글씨 못 쓰는 건 교수"라던 그 누군가가 자신도(교수도 아니면서) 글씨를 못 쓴다고 자랑(?)하던 일이 확인되었기 때문인데, 과연 '내 것' 모르는 건 자랑이고, '남의 것' 모르는 건 수치일까.

간판이 진리인가 : 똑같은 말이나 글귀를 써도 고위, 고학력

의 그것에는 철학이 있고 하위 저학력의 그것에는 생경(生硬)과 과장과 무식, 무의미란다?

상과 벌 : 태백(太白)의 술주정은 시(詩)가 되지만 일민(逸民)의 주정은 넋두리려니. 하기야 귀한 몸의 방귀 소리가 음악으로 들리는 귀도 있다지만….

인간개조(人間改造) : 굴뚝 속에 쑤셔 넣은 개꼬리의 변색을 기대하는 것과 같다.

진실 : 인간은 신(神, 하느님) 앞에서만 모든 것을 고백한다.

미인의 조건 : 키 크고 좁고 긴 얼굴에 뾰족한 턱의 왕눈이 빼빼이다? 우리의 미인은 그게 아닐 텐데….

지방색(地方色) : 언제부터인가 자기의 고향(원적)을 버리려는 사람들이 많아지고 특히 그 특유의 말씨조차 버리려 TV 등에 나와 소위 서울말(표준어)이라고 어설프게 지껄이고 있는 것을 보고 듣고 있노라면 참 한심하다는 생각이 든다.

도대체 말이란 무엇인가. 서울, 경기, 강원, 충청, 전라, 경상, 제주, 이북 그 모두가 오랫동안 그 고장 나름의 구수한 정서와 관습이 배어 우러나온 것임에도 이를 버리고 엉뚱한 타향을 흉내내다니. 누가 왜 그 자랑스러운 근본(뿌리)을 흔들며 관아 주민등록표 본적(원적)까지 빼라했는가.

그랬대서 요즘 소위 서울말이라는 게 표준말인가? 아니 그야말로 '새 사투리'로 밖에 들리지 않는 귀를 의심하며 나는 제 소리, 제 색깔(얼굴)의 우리 고향을 그린다.

언청이

치부를 위해서라면 신은 나에게 당연히 벌을 주실 것이다. 그러나 다행히도 나는 오늘의 먹거리를 위해 몸에 흠을 내고 있는 것이다.

꿈

저승의 입구에 섰다. 문지기에게 미분화(未分化) 시절, 법관에의 꿈, 문학입지 등을 이야기하는데 별안간 뒤이어 배 나온 사람이 밀치는 것을 "너는 뭔데!" 누군가가 호통 치자 그 소리와 함께 문지기도, 배불뚝이도 어디론가 사라지고 무색(無色) 세상이 펼쳐졌다.

천진(天眞)

나를 슬프게 하는 것은
슬프도록 착한 아이들이다.

야간병원 Ⅰ

백야(白夜) : 자물통이 열리면 뼈만 가진 사람들이 나온다. 천사의 안내를 받아 그들은 심판을 향해 더 어두운 곳으로 가고 있다.

나이팅게일 : 향기 잃은 백합이 하얀 꿈을 꾸고 있다.

겉과 속

'회의 중' 의 하얀 표찰 속에서 '행복' 의 삭임질이 한가롭다.

백(白) 돼지 꿈

부인이 없고, 인 고행이 끝없이 보이더니 만삭 초부(初婦)의
행복한 얼굴이 오고….

백돼지 꿈을 꾼 사나이가 '회의 중' 이란 표찰 밖에서 아부의
웃음소리를 듣고 있다.

야간병원 Ⅱ

올빼미가 지키는 흰 밤, 향기 잃은 백합, 초라한 대열이 이리
갈까 저리 갈까….

아, 저 사람의 눈은 내 눈보다 밝구나.

신(神) 과 인간 사이

신은 나에게 무언가 말할지 모른다. 그러나 나는 사람에 의
해 전해지는 그 많은 것들을 부정(否定)한다.

소설가 M씨와 개

"L군, 개를 붙들어 매요!"

"안 물어요."

"개의 속을 자네가 어떻게 아나!"

평준화시대

'좋은 것 같아요.'

'나쁜 것 같아요.'

'같아요, 같아요.'

시(詩)·시인(詩人)

동요, 유행가, 명곡, 창(唱) 따위는 소리 빛깔은 달라도 보다 구체화된 시정(詩情)이 가슴에 와 닿는데 시는 시인만이 갖는 인간 최고의 지성(知性)이라 오염될라 으슥한 골방에서 암송한다.

야간병원 Ⅲ

천사가 X-RAY 사진을 들고 간다.

밤을 낮으로 만드는 사람, 가라앉은 표정들, 이 작업 속에서 이어지는 인간생명 고삐를 쥔 신이 "이려!" 채찍을 들고 간다.

어제의 수첩

이 세상에 나보고 살아달라는 사람도 또 내가 살아야겠다고 말할 사람도 없었다.

제3 세계

사람에게는 살려는 오늘과 죽지 않으려는 내일 외에 꿈이라는 세계가 있다.

착각

떡 줄줄 알고 김칫국을 마신다.

인간

군림하지 마라, 교만하지 마라, 인간을 지배하는 것은 인간이 아니니. 너의 인생은 무죄라 떳떳이 말할 수 있는가.

유행

60, 70년 전의 할머니 단 속옷 입고, 옛날 일인(日人) 농부의 '당꾸쓰봉' 작업복에 그들 장교의 장화를 신었는가 하면 60, 70년 전 어머니(아버지)들이 쓰던 '자기'를 연발하는 코미디….

자유

태어날 때부터 자유가 없어 울음부터 터뜨려 해방을 부르짖고 몸부림치며 가는 사람들…. 그러나 인간의 얼안을 벗어난 자유를 생각해 보라! 그 세련미에 동물들이 감탄할 것이다.

동방예의지국

아부와 사대(事大)가 자칫 우리 전통의 미덕으로 둔갑되어서는 안 될 것이다.

생일 케이크

과자 떡에 촛불을 켜고 축하 노래하는 아이들을 보며 나는 조그마한 시루 속의 우리 떡을 생각한다.

고급 비연가(悲戀歌)?

우리 드라마나 연극, 영화 등에서 비통, 애절, 격정을 처리하는 배경 음악은 꼭 케케묵은 외국의 그것이래야 하는지….

국제화(國際化)

말만 요란하게 하지 말고 외국이 진짜 배워 갈 만한 '한국'을 만들자.

패전(敗戰)은 망국(亡國)이 아니다

2차 세계대전 당시 한때 동맹관계였던 일(日), 독(獨), 프랑스(佛) 등은 역시 오늘의 세계 선진국이다.

▲ 여주 '영릉' 앞에서 동료 교사들과 한 때
　(필자 왼쪽에서 네 번째)

▶ 필자 내외와 3남매. 그리고 처제(69. 인천 공원에서)

2부

비망(備忘)의 노트

1장 S·H병원 당직기(當直記)

2장 그 사람은 지금 어디에

3장 멀어진 그날들

1장 🌿
S·H병원 당직기(當直記)

– 사람이 베풀고, 사람이 부리고, 사람이 꽂아주는 곳이다

제1기(記) 수습과장

이제 먹고살기 위해, 우선 수습이지만 병원 근무의 문이 열린 셈이니 생소함에 마음이 설렌다.

입원 일계표, 집계표, 기입 자료, 방화기구 비치 일람, 방공 방화대 편성표 등을 살펴보고 있느라니, 나의 지도 담당인 L과장이 키(Key)를 11층 간호사, 처장실은 ○○○○호 오후 ○시 등 자상하게 가르쳐 준다.

이어 야간 병원 관리에 대해 L과장으로부터 설명을 들은 나는 모두가 새로워 어리둥절했다.

더욱이 10일 정도면 익힐 수 있을 것이라는 그의 이야기 중,

사고 환자 처리 특히 교통사고는 관할 서에 신고하고, 돈 받을 길에 신경 써서 다른 시립병원에의 주선도 생각해야겠지만 그럴 경우 자칫 잘못하면 문제가 되기 쉽고, 위급 환자에게 차 내주기도 신중(때에는 친절히 거절), 부득이 할 경우에는 각서 받는 일 등등 나는 지레 겁이 났다.

첫날이어서인지 L과장은 8시 50분경에 나에게 퇴근을 권했다. 하지만 머지않아 내가 알아보아야 할 진찰권, 입원 카드, 이실증, 제 장부 처리(정리) 등을 눈여겨보는 나의 마음은 조급했다.

각 병실 상황 일람표와 앙케트(환자 대상) 등 창의를 발휘할 것을 다짐하며 병원 문을 나오는 나의 머릿속에는 직·교 병원 전화번호가 자꾸 헷갈린다.

L과장으로부터 입·퇴원 수속 절차에 대한 설명과 각 병실의 입원료, 당직책임자(과장)의 업무 내용을 듣고 특히 금전 취급은 '진찰권'에 한한다는 이야기에 원래 계수에 자신이 없는 나는 안도의 숨을 넘겼다.

'I'는 1, 'R'은 4, 그리고 전문의 시험이란 의학 제도에서 나는 인명을 다루는 직업이 얼마나 어려운 일인가를 새삼 깨달았다.

그리고 그들을 뒷받침하는 행정, 특히 당직의 책임은 주간 보조원에게 인계함으로써 끝나는 것이 아니다.

각 과장과 밀접해야 하고 각 병실의 상황파악을 비롯하여 방화, 방범에 순찰, 점검 등 원내·외의 보이지 않는 책임 분야가 너무 많음에 어깨가 무거움을 느낀다.

환자가 붐빈다는 월요일이다. 내가 입원 수속 등의 실무를 맡아하고 있는데 J처장이 나타나 사고 환자 처리가 문제라며 특히 내가 나갈 제2(H)병원의 질이 낮은 환자(?) 이야기를 했다.

그런데 거기서 환자의 숫자보다는 실제 수입면이 더 중요하다는 L과장의 의미 있는 제언이, 또한 나에게는 인상적이었다.

각 과에서 나온 자료로 일계표가 작성되는데 밤 11시 이후 분은 다음날 일계에 넣되, 다만 산부인과는 10시 30분경에 마감한다는 L과장의 말에 혹시나 해서 나는 내가 만든 일계표를 검토해 보았다.

L과장으로부터 구실에서 신실 호수를 적어 수납 간호사에게 넘긴다는 '이실' 관계 기재, 처리요령에 이어 장기사고 환자의 입원현황과 진찰권, 보증금, 카드 작성(간호사) 순으로 입원 절차가 끝난다는 말을 들은 나는 이제껏 별것 아닌 것에 매달렸다는 생각도 들었다.

하지만 환자가 사망했을 때 안치실은 무료이지만, 외래환자는 구당 일 ○○○○원이며, 진단서는 야간에는 안 된다는 말과 원장 등 간부의 원내 순회는 매일 오후 ○시이고, 야간 동태

현황, 총무일지, 일계표, 환자 명부 등이 그때 마련되어야 한다는 L과장의 말에 나는 역시 익혀야 할 일이 만만치 않음을 느낀다.

벽시계를 올려본 L과장은 아침 7시에서 8시, 점심 12시에서 1시, 저녁 5시에서 6시가 식사시간이라며 병원 식당으로 나를 안내했다.

이제껏 입원한 적이 없는 나는 난생 처음 독특한 냄새 속에서 맛보는 아침식사가 그다지 당기지 않았지만 과학으로 인체를 다룬다는 믿음에서 맛보다는 질을 생각하며, 스스로 식성을 그에 맞췄다.

나의 경우 당직(야간)으로 낮에 잠을 자야 하지만 육체적으로나 습관적으로 그런 리듬을 타기란 그리 쉬운 일이 아니다.

D고의 C군에게 전화를 넣으니 수업중이라 하고, 이어 E군은 출장 나갔다는 등 그들은 활동 중이었다.

어쩐지 남이 일하는 마당에 나는 여벌로 남아도는 인간 같아 더 이상 평일에 전화 따위를 넣지 않으리라 생각했다.

동생의 이야기도 있었지만 인사차 방문해야겠다고 생각한 H병원이었다. 하지만 막상 실행에는 혼자보다는 L과장 등 고참의 안내를 받는 게 좋을 것 같은데, 그런 기회가 좀처럼 주어지지 않는다.

L과장은 사망자 발생 통지서, 시체실 안치, 대장 정리 요령

에 이어 당 병원의 직제, 편제(조직)사항도 언급한다.

그때 비로소 나는 S병원의 의료 원장(대표 이사), 병원장, 행정원장 등의 간부 이름과 당사자의 이력(권위)도 알았다.

그러나 그 무엇다도 실무자인 나에게 절실한 것은 사고 환자 처리인데, 이에 대해 L과장은 '상황판'에 의해 자세히 설명했다.

그리고 L과장이 산부인과에 대해, 정상 산모는 2박 3일에 ○만 ○천원이라는 분만비를 이야기할 때 나는 옛날의 우리 어머니들을 위해 '삼신할머니'의 허구가 위대함을 느꼈다.

화장실에서 나오는데 장의사 사장이 기다렸다는 듯이 반갑게 인사하며 나의 눈치를 살핀다.

며칠 전 그가 사무실에 나타나 L과장과 이야기를 나눌 때 '불황으로 고사를 지냈다'는 말이 생각난 나는 그가 꼭 웃기는 사람으로 보여 '고사떡 아직 남았습니까?'로 웃어 넘겼다.

나는 고객(환자)의 일을 맡아보면서 나 자신의 판에 박힌 손이나 몸놀림에 앞서 그들에게는 따뜻한 마음가짐이 더 절실한 인술의 손발이 되어야겠다고 생각했다.

C출판사 시절의 K기자(?)에게서 건네받은 명함 전화번호를 돌리니 잘못 걸렸다고 핀잔이었다.

내가 그를 서둘러 만나려는 것은 당시 그의 기사작성에 보태주려고 넘겨준 내 원고 모음을 돌려받기 위해서였는데 '난

시에 사람 구제 말라' 시던 선친의 말씀이 일맥 통하는 느낌이
었다.

　모처럼 만에 높으신 분(처장, 원장 등)들이 원무과에 들러
상황표를 살펴보고 나가더니, 이어 H병원 운전사라는 젊은이
가 들어와 안하무인격으로 떠들어대는 걸 L과장이 나서 "여봐
J기사, 이 분이 당신네 병원에 나가실 ××과장님이어"라고 한
마디하자 움찔하는 그를 본 나는 어쩐지 쑥스러워 고개를 돌
렸다.

　'내가 무슨….'

　생각을 하다가 L과장이 발급한 진찰권 대금을 내 앞에 디미
는 손님을 본 나는 당황해 "뭐냐?"고 엉뚱한 소리를 했다.

　아무래도 그곳(H병원)에 몸담아야 할 나는 말로만 듣고(어
수선한) 있는 신생 일터가 자꾸 궁금해진다.

　자료실, 약국 등을 기웃거리고 있으려니 주로 외국어 표기의
책자, 처방전, 의약품 등이 눈에 띄어 나는 공부해야겠다는 생
각이 들었다.

(1972. 1. 27. 목)

제2기(記) 하나뿐인 인명

　L과장을 도와 입원 수속 서류를 다루고 있는 나는 가정을 생각하느라 일이 손에 잘 잡히지 않는다.

　J처장이 소개하는 H병원 사무장에게 첫 인사를 건네고 나니 어쩐지 내가 먼저 찾아가 인사를 해야 할 처지에 앞, 뒤가 바뀐 느낌이었다.

　더욱이 그는 신생이지만 종합병원의 행정 수뇌다운 풍모에다 세련된 말씨 등 나를 압도한다.

　그와 함께 L과장이 시켜온 차를 마시고 난 나는 '내세움(?) 버림(?)' 등등 새 차원의 대응 처세라는 것을 생각도 하게 되었다.

　더욱이 그가 시종 강조하듯이 이야기한 병원 현황, 근무 태도, 출·퇴근 엄수 등등은 나를 지목한 것이었다.

　하지만 1주일이 조금 넘은 시점에서도 그동안 내가 터득한 일들에 대해 자신하고 있던 나는 그런 말들은 기우로만 여겨졌다.

　이제 오후 6시 출근에 몸과 마음이 기계같이 움직이는 나는 출근 즉시 입·퇴원 환자 현황, 특히 이실 등을 파악하고 보증금 등을 확인하면 각 병실에 연락 현황판과 대조하는 일 등으로 진행된다.

　입원 수속, 진찰권 발급 등 한 때 창구의 북새통을 겪고 난 나는 제발 없어주었으면 하는 것이 사고, 특히 교통사고와 사망이다.

교통사고의 경우 비명, 아우성 속에 오들오들 떨고 있는 운전사와 피투성이가 된 환자를 앞에 놓고 사고 경위와 장소 등을 알아보고, 신분증(주민등록증)을 건네받아 경찰에 연락해야 한다.

또 음독 환자나 가스 중독 환자 등은 될 수 있으면 시립병원 등에 입원 치료토록 권유하게도 되니, 안타깝고, 불안한 마음 이를 데 없다.

'오늘은 무사히' 를 뇌이며 야간 동태를 살피고 환자 명부 안치대장, 총무일지 등을 챙기는 나의 귀에 별안간 위층 복도에서 통곡소리가 터져 나와 수위에게 물으니, 엊그제 들어온 그 교통사고 환자가 갔다는 것이었다.

11시경에 통계 자료를 마감하면 일단 나의 당직 임무 대목은 끝나지만, 특히 근무 중 돈 없는 환자(처리 못한) 등을 아침에 인계하는 나의 마음은 개운치가 않다.

돌아오는 버스 안에서 'H병원 인술의 현장' 을 생각하며 귀중한 생명의 보금자리가 되어야 할 병실을 그려본다.

원내의 모든 상황 파악이 무엇보다도 중요하다고 생각하며 일, 당직 배정, 입원실 배정 등의 일을 챙기고 나니 문득 오늘이 말일임을 생각한다.

L과장이나, 조금 전에 들른 G과장(총무)의 대화에서 내가 H병원에 나가기에는 아직 절차가 남은 것 같다.

내가 짐작된 대로 '약 2주일간의 수습연장'이란 전갈을 받고 나니 그만큼의 부담을 느낀다.

내일부터 철야 근무인데 수많은 인명의 안위와 직결된 이곳(인술의 집)에서의 아차 실수란 있을 수 없으니, 지레 겁이 난다.

이에 비해 이제껏 내가 너무 안일한 자리와 사고(思考)현장에 있었던 게 아닌지 스스로를 돌이켜보며, 특히 사고환자 처리에 신경을 더 써야 한다는 J처장의 말이 가슴 깊이 와 닿는다.

그는 나에게 믿고 맡길 수 있는 방화, 방범을 위시해서 입·퇴원 수속, 진찰권 발급, 제 일지, 제 통계표, 이실증 발급, 당직 상황 파악, 순찰 등등 사소한 인술(人術)에서부터 고차의 인술(仁術)의 장(場)이 되게끔 조화를 이루는 판단을 요구하는 것인지 모른다.

그런 인술의 집 건설이, L과장은 나에게 각 장부(일지 등)의 결제 절차(인계 등), 작성 요령, 기타 조그마한 일 처리까지도 항상 붙들고 가르쳐 주는 고마운 분이다.

'인술의 집' 임에서인지 이따금 그 권위가 허세, 방자(?)로 비쳐지는 소위 박사들의 우리 사무실 방문은 어쩐지 찾아오는

'환자'에게 좋은 인상이 될 수 없음을 느낀다.

실습을 하고 싶은 총무일지, 일계표 작성, 입실증 발급, 각 장부 인계, 전과(轉科), 이실 사항 등등. 나는 언제까지 L과장의 코끝에 걸린 돋보기 너머 필적만 훔쳐보아야 할지….

12시가 채 못 되어 R원장의 순시에 나는 L과장과 함께 그를 수행했다.

이따금 병실 앞을 지나는 얼굴도, 가운도 하얗게 바래 보이는 간호사들이 눈인사를 건넨다.

사무실에 돌아온 L과장은 생각났다는 듯이 보조, 학생, 간호(정) 등 검은 모자 띠로 구별되는 그들의 10시 30분, 7시, 3시에 교대 근무 시각도 알아야 한단다.

야식이 끝나자마자 여자 환자 2명이 들어와 입원 수속을 마쳤지만 아침 기상까지 나는 잠을 이루지 못했다.

그것은 간밤의 '미처리' 환자에 대한 인계 절차가 불분명한데다 그들(환자)의 보증금 납부 여부가 마음에 걸렸기 때문이다.

아침 청소 상황을 둘러보고 나니, 꼭 익히고 싶었던 '이실증' 발급 사유가 생겨 호수, 성명, 연월일 등 해당 난을 적고 확인 도장을 찍었다.

아침 4시에서부터 9시 인계까지 용변, 서면에 이어 제 서류 점검, 전일 미처리 사항 확인, 출근부, 열쇠정비, 당직사항 기재, 순찰점검, 일부인 대비 등등 기계같이 움직여야 한다.

마음 졸였던 어젯밤의 여인(산모) 입원도 L과장의 가르침대로 우선 입원, 연락, 보증금(미해결) 인계를 무난히 마치니 보람(?)을 느낀다.

언제나 내가 출근(오후 6시)하는 시간에 L과장은 미리 나와 식당에서 식사를 마치고 일에 대비하고 있었다.

오늘도 나는 그를 도와 창구에 몰려드는 환자의 입원 수속을 돕고, 손님이 부탁하는 환자를 찾아(확인)주고, 이실을 원하는 환자에게 이실증을 발급했다.

그런데 진작 알아뒀어야 할 원내 최고위 Y원장, J원장, A원장, R원장 등의 댁 주소(전화)도 그렇거니와 당장 업무수행에도 필요한 J총무과장이나 내 방의 전화번호도 잘 익히지 못한 나이다.

아직 귓가에 솜털이 가시지 않은 간호사 아가씨가 L과장 귀 가까이에 무언가 소곤거리다가 언짢은 얼굴로 돌아간다.

아가씨가 나간 뒤 L과장은 나에게 당직 변경은 반드시 계출, 명확한 인계인수케 해야 한다는 것을 강조했다.

그렇게 한 치의 실수도 있을 수 없다는 그는 환자 처리에 있어 사망의 경우 자연사는 시체실에서 퇴원 수속(주서로 퇴원 날짜 난에 기입)을 마친 뒤 시체를 인계하고, 사고사는 검찰의 지시를 받아야 함으로 차안에 부재, 'ICU' 현황도 이야기했다.

오늘도 산모가 들어왔다며 L과장은 일계 작성에 앞서 11시

이후는 다음날로, 단 산모는 분만 과정을 고려해서 10시 30분 마감임을 나에게 되풀이 일러준다.

L과장을 대동하고 순시에서 돌아온 J처장은 각 일보(日報) 자료 등을 언급하며 특히 무직 환자 취급에 대하여 정중히 다루되 추방 인상을 주지 않도록 세심하게 해야 한다는 것이었다.

한 임신부를 입원시킨 후 야식을 마치고 나오니, 창구 앞에 또 한 임신부가 사색이 되어 늘어져 있어 수속을 서두르는데 어디선가 통곡소리가 터져 나왔다.

"여보게, 진정시켜!"

L과장이 한 남자 간호사를 불러 2층으로 올려 보내는 것을 본 나는 탄생과 죽음이 교차되는 현장을 보는 느낌이었다.

새 생명이 태어나고 소생을 위해 모두가 뛰는 이 집에서 죽음의 소리는 이곳을 찾는 사람에게 언짢은 인상일 수가 있다.

이제 아침 6시, 각 장부 정리를 하고 물품운반 지시에 이어 제설 작업에 가세, 막 끝내려는데 현관에 들어서는 R원장의 검은 얼굴이 눈빛에 대조된다.

내가 퇴근 준비를 하고 있으려니 L과장이 생각났다는 듯 환자가 예금통장을 제시할 때는 반드시 대조 확인을 요한다는 것이었다.

버스에 오른 나는 발령 연기로 인해 나에게는 더 많은 경험과 병원행정에 필요한 상식을 얻을 수도 있다고 생각했다.

오늘은 L과장이 쉬게 되어 그의 대직인 J과장이 6시 정각에 들어오는걸 보고 나는 퇴근길 C과장(총무과)과 잠시 이야기를 나눴는데, '실수 없는 바를 판단'이란 그의 말이 잊혀지지 않는다.

(2. 4. 금)

제3기(記) 춘래불사춘(春來不似春)

나의 발령 연기란 어쩌면 병원 수지계산(채산)에서 비롯되는 지도 모른다.

그것은 환자(산재) 수용을 전제(?)로 한 나의 병원 취업 조건이 충족되지 못하거나 이미 목적(표)을 달성해 이상의 필요가 없어서인지도 모른다.

아무리 인술(仁術)이라지만 영리가 없이는 존립할 수 없는 이 의료체에서 한 구성원이 될 나로서는 어찌할 수 없는 것이다.

애당초 H병원 개원이 취임 시점이었음에도, 이미 개원이 끝났고 사무처 요원도 배치된 마당에 나로서 초조할 뿐이다.

흔히 세상 사람들은 학교 훈장(교사) 출신을 정상 사회인과 달리 보지만 나의 경우 이미 일반사회에 진출, 뒷골목도, 빛깔도, 눈치코치도 뚫어볼 정도라 자부(?)하는 오늘이기에 그런 의미의 훈장 여력은 빼고 싶다.

원컨대 오늘의 나에게는 그저 보충역으로 그에 적합한 자리에 정착되는 것이다.

12시경 O다방에서 동생(D손보사 간부)과 만나 병원현황 등 얘기를 나누고 난 나는 모처럼 만에 생각 나 S동에 산다는 사촌 누님을 찾아 온 동네를 헤맸지만, 게딱지같은 집들에 영 끝이 보이지 않아 그저 돌아왔다.

손님이 뜸해서 신문 광고 난을 들여다보고 있으려니 L과장이 자신의 이야기를 들려준다.

북녘 땅 P시가 고향인 그는 당원 Y의료원장(대표이사)이 중학(지금의 중·고)동창이라며 그의 수술은 국내 제 1인자라는 것이었다.

그리고 입원환자가 많은 것은 월, 화, 수요일의 순이고 반대로 금, 토, 일요일은 감소된다는 것을 나름의 경험을 토대로 분석했다.

이제 입춘인데 '60년대 해빙 없는 한강' 이란 신문 기사를 보며 나는 어렸을 때 할아버지가 주시는 종이에 '입춘대길(立春大吉)' 이란 글씨를 써서 매우 칭찬 받았던 생각을 했다.

그러나 관광 시나리오, 아이디어, 캐치프레이즈 등등 내가 찾고 바라는 '해빙'은 광고에 없었다.

야식을 하다가 혼자 동그마니 앉아있는 자신을 발견한 나는 물도 채 못 마시고 쫓기듯이 식당을 빠져나왔다.

방공, 방화대 편성과 일, 숙직표를 손질하고 나니 머지않아 내가 맡게 될 일들이 생각 나 L과장에게 물어 메모한다.

'차번호, 소속회사, 사고 장소, 사고 시간, 병원 도착시간, 주민등록증 등을 확인하여 관할 경찰서 상황실에 신고하고 차주에게 연락, 처리하는데, 치료비 지불이 불분명할 때는 차주, 보호자 출두 후에 입원 조치하며, 밤 12시 이후에 들어오는 환자 중 사고, 중환자는 당직이 처리하되 보험 가입 공상 환자는 후불로, 산재는 낮에, 공무원은 지정 요양소에⋯.'

메모한 수첩을 주머니에 넣고 난 나는 L과장의 금테 안경을 바라보며 이분 역시 병원 일에 권위임을 읽었다.

병원 옆 N다방에 들러 C군, S군, H군 등의 전화번호를 확인하고 사무실에 들어오는 즉시 어젯밤에 처리했던 교통사고 당사 회사에 원만한 처리를 다짐받고, 관할 서에도 협조를 부탁했다.

월별 일, 숙직표 비치가 바람직하다고 생각되며, 교체시간 등 불분명할 때 기왕이면 장부의 활용에도 철저한 관리가 필요함을 깨달았다.

야식이나 받아먹으며 남의 일만 거들어주는 나날인 나에게나, 곁에 놓고 같은 소리를 되풀이하는 L과장의 표정에서 사람이란 어떤 사명을 갖고 일에 임해야 된다는 생각이다.

갑자기 밖이 왁자지껄하더니 뭇 사람 속에 축 늘어져 업힌 환자가 현관에 들이닥쳤다.

L과장이 수위와 함께 응급실로 안내한 그 환자는 40대 고혈압 남자 환자로 이미 뇌혈관이 벌집같이 터져 있어 손 쓸 겨를도 없이 사망했다는 것이다.

유족들의 통곡 속에 보호자 한 사람을 데려와 서류를 만들고 난 L과장은 "가망이 없는 환자는 보호자를 설득해서 속히 귀가 조치하는 것이 객사보다는 차라리…"로 말끝을 흐렸다.

이어 L과장은 전염병 환자는 S대, 시립, 요양원을 찾게 한다는 말을 덧붙여 나의 실습에 도움을 주었다.

낮 시간을 이용 D고의 C군과 만나기 위해 H다방 앞에 서 있을 때 갑자기 뒤에서 나를 부르는 소리에 돌아보니, 한약국을 경영하는 Y교 시절의 학부모 J씨였다.

퍽 오랜만에 만난 그는 이미 고향 Y를 떠나 이곳 H동에서 약국을 경영하고 있어, 역시 그의 아들의 담임인 D중 C군과 같이 찾아간 적이 있었지만 옛 정을 잊지 못해 반기는 그의 모습은 언제나 변함이 없었다.

찻값을 내려고 주머니를 뒤지던 나는 전에도 한번 전화를 넣었던 K씨(원고 소지)의 명함이 주머니에서 집힌 김에 다시 확인 전화를 하니, 이번에는 도대체 그가 어떤 사람이냐고 반문한다.

어이가 없어 혹시나 해서 그가 전에 자주 드나들었던 A다방에 들러 '당신에게 불필요한 것이니 속히 N사나 직접 나에게 돌려주시오' 라는 메모지를 꽂아놓았다.

무슨 조화인지 그래도 나의 유일한 자산이라 자부(?)하는 작품들마저 이렇게 흔적을 감추니….

사무실에는 J처장, R원장이 서비스의 성격이 환자 위주라던가, 원내 시설 및 운명의 합리화 등 극히 상식화된 화제를 벌이다가 내가 일어서는 걸 본 J처장이 다가오더니 "쪼끔만 더…" 라고 한마디 남기고 총총히 자리를 떴다.

그날 퇴근길 복도에서 만난 I과장은 나를 보자 동정 어린 얼굴로 H병원의 C과장을 만났다는 이야기를 장황하게 늘어놓고는 역시 나의 거취에는 언급이 없었다.

나는 잠시 수위 K군과 사무실에 머물며 공백(퇴근)이 있을 수 없는 여기에 주관 없는 한때의 어수선함을 느낀다.

사망 2명 — 교통사고(M), 자연사(R), 입원환자 수도 줄어 한산한 창구이다.

어쩐지 내 왼쪽 팔 중간 부위에서의 통증은 점점 손가락까지 내려와 엊저녁부터는 신음소리가 날 지경이었다. 하지만 이 마당에 누구에게 호소할 용기가 없다.

'아리랑 풍류 따라 금수강산…' 그 무슨 주제에 맞춰 캐치프레이즈를 기적이다가 N다방에서 온 찻잔을 받아든 순간 현관 쪽이 법석이다.

얼굴과 저고리가 온통 피로 범벅이 된 한 젊은 여인이 부축을 받으며 들어온 것이다.

"진단서 발급은 야간이나 일요일에는 안 된다. 그러나 개인병원에서는 가능하겠지요"라던 L과장의 능수능란한 접객 술(?)을 현장에서 습득하는 기회이다.

더욱이 오늘의 경우 가해자가 도주했다니 자칫 판단을 그르침으로써 관리에 맹점이 됨을 깨달았다.

꼭두새벽에 병원 문을 두드린 젊은이의 자살 미수는, 나로 하여 그 동안 실습능력을 발휘하는 기회였다.

내가 응급실에 안내한 그는 생명에는 지장이 없었고, 그의 보호자(부모)는 진찰권, 보증금 등 내가 입원 치료를 돕는데 수월했으니 말이다.

당당한 기분으로 사무실에 들어간 나는 교대시간에 맞춰 거기 기다려 있는 J과장과 C씨의 대화가 끊기는 게 신경이 쓰인다.

환자 현황판을 보니 퇴원이 많은데 입원은 2명뿐이니, L과장의 말대로 병원도 대목을 타는 모양이다.

기왕에 만들어진 일지가 자료 취합에 비능률적임을 감안, 아예 게시판에 과별로 일계를 기입하는 방법은 어떨까 생각하다가 문득 '직책'이란 것의 한계를 느낀다.

(2. 13. 일)

제4기(記) 인술(仁術)의 한계

내일이 구정(舊正), 가정과 직장과 거리가 붕 떠있는 느낌이다마는 여기 자리 없는 실습생은 도리어 가라앉는 기분이다.

이리 밀리고 저리 밀리고 그래서 여기저기서 이 사람 저 사람의 눈치만 보며 겉돌아야 하는 어쩌면 시한부 뜨내기일지 모른다.

여전히 아픈 왼쪽 팔은 손끝 감각이 무디어지고 동작이 자유롭지 못하니, 이 판국에 무슨 제복이란 말인가?

환자 수가 ○○○대에게 ○○대로 떨어지는걸 보니 인술의 집에도 확실히 대목을 타는 것 같다.

입원 1시간만에 퇴원을 청하는 사람이 있어 입원 취소 조치하고 진찰권을 발급하고 있는데, '환자 1명 사망' 연락이 와 L과장이 담당 수위에게 시체실 정비를 당부한다.

이때 사망자 발생 통지서의 해당 사항을 기재하고 입원자 명단을 정리한 다음, 게시판 이름을 지움으로써 한 생명에 대한 우리의 서비스는 끝난다.

나에게 설날은, 가정에서 거리에서 못지않게 사무실 드나들기에도 이방인 심정인 것이다.

특히 퇴근 무렵이면 의사, 수위, 운전사 등 성명 미상의 땅딸이, 뚱뚱이, 나발이 그리고 J과장과 C과장 등이 쏟아내는 온갖 넋두리, 잡담에 나는 동그마니 소파에 앉아 불의의 시청자가 되기 때문이다.

과연 설에 포식에서인지 입원환자가 부적 늘고, H병원의 X군(운전사)도 찾아와 그쪽 호황(환자 증가)을 전하며 당직 과장이 없어 4과장이 교대 근무한다는 것이었다.

퇴근 무렵에 L과장은 엊그제 암으로 사망한 L씨(K고 교장)의 이야기를 한다.

"수술을 몇 번인가를 했죠. 그러나 그것은 모두가 진짜 수술이 아닙니다…."

가족에게 사망예정 날짜까지 통고해야 하는 불치병, 결국 그는 자신의 병명도 모르고 갔을지 모른다.

L과장은 외래환자의 진찰권 발급을 나에게 맡기고 응급환자 치료비에 대한 담당의사와의 의논 때문에 밖으로 나갔다.

병원을 나가는 사람들의 얼굴, 그저 그런 얼굴, 밀려(끌려)

나오는 얼굴, 가지가지지만 그들은 거의가 희망을 간직한 그것이었다.

입원이 ㅇㅇㅇ로 늘었으나 어쩐지 오늘은 한산하다고 생각하며 현관을 나설 때 운전사의 배전공이 L과장을 부르는 소리가 다급하게 들렸다.

내가 출근하자마자 J처장이 나타나 일보는 해당 간호사로 하여 제출케 하라며 현황판을 들여다보더니 요령 있는 병실 배정 즉 집중, 분산을 연구하라는 당부이다.

별안간 통곡소리가 들리더니 그쪽 중환자실에 들렀다 온 L과장이 지방에서 들어온 환자가 방금 사망했다는 소식을 J처장에게 전했다.

'병실 배정과 의사와의 협조' 문제를 곰곰이 생각하다가 문득 벽시계를 보니, 퇴근 시간이었다.

탁상 달력 한 장을 뒤집어 양력과 음력 대조표를 만들고 보니, 어쩐지 우리나라의 4계(季)는 양력보다 음력이 더 잘 맞아떨어진다는 것을 일러주는 것 같았다.

각 서류, 기물점검, 병실과 현황판 대조, 이실, 기타환자 동태파악 등 이제 나는 기계처럼 움직인다.

하지만 산부인과의 경우 퇴원 전에 입·퇴원계에 연락하는 일, 입원 전산실 형편을 알아보고 예고하는 동안, 산모는 직접 병실(분만실)로 안내하는 절차 등을 오늘에야 터득한 나는, 자만할 처지가 못 됨을 깨달았다.

J처장을 만나 병실 배정(특히 독실)의 원칙(?) 즉 성별, 연령별, 병종별, 재력 등 고려사항을 들은 나는, 처리는 담당 간호사의 책임 아래 이루어짐이 당연하다고 생각했다.

J처장의 자상한 이야기를 들은 나는 원장, 처장 등이 사무실에 들르면 우선 들여다보는 현황판에 만족을 느꼈다.

L과장도 ○○○대로 늘어난 환자 수에 만족하는 얼굴인데 일계표 작성에 아직 익숙하지 못한 나는 L과장의 자료 정리하는 과정을 눈여겨보았다.

그 중에도 사고환자의 입원 수속과 입원비 없는 환자의 입원 문제가 나에게는 가장 어렵게 생각되었다.

J처장을 대동하고 사무실에 들어온 Y원장(대표이사)과 첫 대면(인사)을 한 나는 발령 날짜가 한발 다가온 느낌이었다.

당직인 R원장을 따라 원내 순찰을 마치고 돌아오니, 사무실 앞 복도가 온통 울음바다가 되어 있었다.

졸도 사망자의 유족들이 콘크리트 바닥을 치며 대성통곡하는 것을 보고 있는 나는, L과장의 말을 빌릴 것도 없이 그들의 흥분, 절규가 다른 환자나 가족들에게 좋지 못한 인상을 준다는 직업의식(?)에서 당혹감을 금할 수 없었다.

모 회사의 기술요원이라는 30대 후반의 젊은 가장의 죽음이라는데, 모두가 침울한 가운데 X씨가 시킨 차를 들며 나는 유족들의 진정되어 가는 분위기에 귀를 기울였다.

허망하게 끝난 오늘의 한 죽음에서 나는 인생의 허무 현장을 지켜보며 우리의 삶을 생각한다.

가족에도 불화가 있고 갈등이 있는 짧은 이승 살이. 그러나 언젠가는 슬픔으로 헤어져 영원으로의 저승길뿐인 것을 누가 모르랴마는….

자신도 고혈압이라며 한숨을 내쉬는 L과장을 본 나 역시 남의 일만이 아님을 절감한다.

그러나 그런 감상(感傷)도 잠시, 우리는 입원 직후의 사망자에 대한 치료비, 시체실 사용료 등 오늘의 주검을 조치해야 한다.

퇴근하려는데 정신과 의사라는 분이 사무실에 들어왔기에 초면 인사를 하니, 외인 접촉이 제한되어 있는 병실이라 자신도 서먹서먹하다는 이야기다.

'M, 미상…', 관할 서, 교통회사에 사고 날짜, 사망 시간을 알리고 나니, X병원(개인)에서 교통사고 환자를 옮겨와 입원을 재촉한다.

종합병원의 신경외과는 이렇게 붐빈다마는 의료진이나 설비가 잘 갖춰져 있고 그를 뒷받침하는 L과장 등 관록 있는 행정요원이 포진하고 있어 판단처리가 원활히 이루어진다.

진료원장 A씨가 나타나자 L과장은 나에게 퇴근을 권했지

만, 나의 당직이 오늘인 것을 그가 모르고 한 말인지 소외를
느꼈다.

오랜만에 B시의 J교육장(과거 상사)으로부터 편지가 왔다.
그런데 내가 그 직(교육)을 다시 희망한 적도 없는데, '다시 기
회를 보자'는 마무리 말이나, 서술 전체의 뜻으로 보아 나로서
는 영 가질 수 없는 귀한 직이 되었다는 어찌 생각하면 '교직자
랑'과도 같은 그의 서신에 나는 '그 자리에 그 사람들'이란 거
부감이었다.

여기는 인술의 집, 모임이 있어 내 뒷자리에 나와 앉은 S의
사(?)의 안하무인격인 고자세(?)가 신경 쓰인다.

그런 유아독존의 경지는 좋으나 지성인들의 각기 지닌 인격
에 자극을 주는 언행 따위는 삼가야 하지 않을까?

진찰권을 케이스에 넣기에도 요령이 필요하다고 생각하며,
뒤통수에 가라앉는 분위기를 느끼는 나는 쫓기듯이 밖으로 나
왔다.

복도 의자에 앉아 병원 분위기를 관찰하고 있으니, 환자의
외출 문제와 편의시설에 대한 아이디어가 머리에 떠올라 메모
했다.

J처장이 사무실에 들러 현황판을 들여다보더니 고개를 갸우
뚱하며 말없이 나갔다.

교통사고 환자를 가해자가 데려와 입원 조치하고 나니, 종합

진단에 대한 문의가 들어와 보통은 1주일, 신경과는 그 이상 걸린다는 것을 알려주었다.

얼마 후 J처장이 다시 들러 입원, 의사, 수납, 입·퇴원계, 병실(예약금 납부) 등 책임 분야를 강조하고는 Y원장이 일본에 가 있다는 말을 덧붙였다.

방문 환자가 뜸해지자 L과장은 자신의 경험에서라며 특히 30이 넘으면 세월이 빠름을 느낀다는 말로 60이 가까워진 그의 순탄치 않았던(월남 등) 삶을 이야기했다.

그리고 Y원장이 돌아오는 3월 초에는 나의 발령이 기대된다는 위로(?)의 말에 이어 H병원에서의 내가 할 일에 대비하라는 듯, 특히 교통사고 환자(주로 신경, 정형) 처리과정을 상세히 말해주었다.

'차의 번호, 전화번호, 관할 서(현장에 경관이 없을 때), 차주(회사)와 타협 후 정식 입원인데 경찰이 운전사를 인수하면 병원과는 무관하며, 환자는 응급치료한다' 는 것 등이다.

이런 과정에서 올바른 판단과 신속을 요함은 물론, 야간 미처리 사항은 사무장(H병원) 또는 다른 사람에게 정확히 인계해야 할 인적, 물적 책임자로서 당직과장은 곧 야간 원장이라는 것이다.

생각하니 지난날의 직장(학교)에서, 사회 초년생에서, L과장으로부터 실무 수습에서 나는 그동안 많은 사람들에게서 격려와 도움을 받은 행운아라고도 자위한다.

위급 환자가 있어 차를 내달라는 전화를 받고 L과장의 가르침대로 주소(장소) 등을 확인하고 대기실에 연락, 차를 보내고 나니, 꽤 당직자 구실을 한 느낌이다.

각 병실의 요금표와 병과별 입원환자 현황판을 살피고 난 나는 생명을 다루는데 있어 '돈'과 인술(仁術) 차원의 조화, 환자 수와 전문의 수의 안배 등에 관한 나름의 문제점을 생각한다.

쌀쌀한 날씨 탓인지 어쩐지 사무실 분위기가 어수선한데다 이제껏 내가 앉았던 자리에 낯선 타이피스트가 차지하여 일어설 줄을 모른다.

잠시 서성거리다가 옆에 있는 의자에 앉으려니, 진짜(?) 임자가 나타나는 등, 제자리들을 못 찾고 있는 판국이다.

할 수없이 밖으로 나온 나는 아무생각 없이 건물 옆에 있는 문방구에 들러 볼펜과 원고지를 사들고 나오려니 꼭 누군가를 웃기는 것 같아 자존심이 상했다.

A원장과 같이 출입구를 지나던 J처장이 언짢은 얼굴로 L과장과 나를 번갈아 보며 병원 복(환자복)을 착용하고 무단 외출하는 환자를 단속하라고 지시한다.

병원 복 차림의 환자이야기를 들은 나는 남달리(?) 그 하늘색 옷에 애착을 느낀 과거가 생각났다.

그것은 6·25 직전 내가 청량리 밖 ○○병원 근처에 있는 모 회사원으로 있을 때 병원 복을 입은 젊은 여인의 모습이 그렇게 아름답게 보일 수가 없었기 때문이다.

그때 나는 그들과 같이 그런 옷을 입고 어울리는 그 병원의 환자가 되고 싶었으니 말이다.

내가 이 S병원에서 얻고, 익힌 것은 자선단(慈善團)이 아닌 이상 인술(仁術)보다는 인술(人術)이며, 특히 행정 책임자의 입장에서는 천명(賤命)과 귀명(貴命)을 가리고, 무서운 사고(事故) 이상으로 무서운 인간계(人間界)의 현장 실습이었다.

(2. 20. 일~월)

제5기(記) 보직을 기다리며

'융화, 협조, 정직, 엄숙, 민활, 정확, 신중, 친절, 확인' 등등 웬만한 직장이면 사훈으로 내건 단어들이 뭉뚱그려져 '인술의 집'을 이루려는 것이니, 그것은 곧 완전, 무결을 지향하는 신(神)의 길이다.

벨이 울리는 소리에 나는 사망 발생 통지서, 시체 처리부 등 인계의 절차가 수화에 앞서 머리에 떠오른다.

진찰 시간은 '과'에 따로 실시한다는 L과장의 이야기를 듣고 있을 때 R원장이 들어와 숙직상황을 확인하고는 새로 들어온 젊은 수위 C군의 동작이 기민하다는 예를 들며, 그러나 그것만이 이 직의 전부가 아니라는 것이었다.

R원장이 나간 뒤 땅딸막한 키의 낯선 중년 신사 한 사람이 들어온 것을 보고 L과장이 맞으며 '××과장 서박사'라고 나에게 인사 소개를 한다.

오늘이 벌써 말일, 대화가 끊긴 우리 집안 분위기를 나인들 어찌 모르겠냐마는, 벌써 40여 일을 가장이 수입은커녕 소비로 일관하니 안타깝다.

더구나 그런 오늘을 타개할 길도 뚜렷이 보이지 않으니 빛 좋은 개살구 격이랄까….

R원장이 슬며시 들어와 줄어든 현황판 환자 수를 읽고 아무 말 없이 나간 사무실은 마치 어느 직장의 휴일 오후 같은 분위기다.

C수위가 들어와 역시 현황판을 올려 보더니 멋쩍게 씩― 웃으며 나가는 바람에 나도 덩달아 일어서서 행방을 찾다가 화장실에서 머리를 감고, 머리를 식혔다.

왠지 요즘 직장, 차중, 거리를 보느라면 모든 사람들이 뭔가 자신을 돋보이려 나서는 인상들이다.

밑천으로 몇 권 남긴 책을 들고 헌책방에 들르려니, 가게 부부는 아예 입구에서 손을 저으니 야속했다.

누군가가 미워지기만 하는 나는 모든 것을 잃었다는 생각에 이제껏 낭비한 내 인생이 아깝다는 느낌이었다.

잠, 그것은 안 보고, 안 듣고, 안 먹고, 안 쓰는 어쩌면 영원으로 잇는 시간 여행일지 모른다.

'차라리 집으로 돌아갈까?'

책방에서 나온 나는 그런 발상과 현실의 갈등 속에서 그 누군가의 허튼 소리라도 다시 듣고 싶었다.

입원환자 수가 턱없이 줄어드는걸 보니 여전히 대목 뒤의 불황이 이어지는 것 같다.

내가 퇴근하려할 때 J처장과 C과장(총무)이 들어와 Y원장의 귀국 소식을 전하고 돌아가자, L과장이 나에게 월요일경에는 무슨 지시를 받을 것이라며 흐뭇해 한다.

S병원에서의 수습을 더 이상 원하지 않은 나는 출근을 단념하고 동생 집을 방문한다.

S병원의 분위기, 나의 요즘 심정 등을 그에게 털어놓고 일어선 나는 무슨 말인가 더 건네고 싶었지만, 분위기를 의식해 건성으로 인사말을 남기고 돌아왔다.

그러나 나는 나름의 삶에 언젠가는 빛이 있으려니, 오늘의 낙망이 절망이 아니라는 믿음이 생기는 것 같았다.

조카 Y군이 찾아와서 내가 3일이나 결근했다는 병원측 말을 전하며 실망하는 눈치였다.

이래서는 안 되겠다고 생각한 내가 부랴부랴 출근하니, 마침 사무실에 들어와 있던 J처장이 2, 3일만 기다리라며 도리어 미안하다는 표정이다.

'믿어도, 안 믿어도' 하는 기분으로 좌중을 둘러보니 모두가 개선장군처럼 의기양양해 보인다.

이윽고 환한 얼굴로 나타난 L과장이 '곧 희소식'을 전할 때, 나는 그가 Y원장에게 나를 천거(?)했을 말들을 생각해 보았다.

'지시— 충실, 요 적극 활동…' 등등 자평하고 있는데, 사무실에 들른 J처장이 상황표를 보고 모처럼 만에 흐뭇한 표정을 짓는다.

L과장을 도와 소아 입원 수속과 보호자 출입증을 발급하고 나서 각 부서별 당직 상황을 확인한 다음, 나는 원내 진입 금지물인 난로, 약물, 의류, 의자, 침대 등 L과장의 말을 수첩에 적어 넣었다.

그러나 그런 것들은 담당의사가 보증금 지불, 확인 처리까지 신경을 쓰는 '인술의 장' 이기에 용납 받는 자리가 될지도 모른다.

(3. 7. 화)

제6기(記) 당직과장

그동안 실로 44일, 드디어 H병원의 부름을 받았는데 생각하면 여기까지는 남의 발로 들어왔는지 모르지만, 이제는 내 발로 뛰는 자리다.

'명일 조회 전원 참석, 4과장이 같이 활동, 당직의 책임…' 등등 H사무장의 당부(지시)를 받고 나서 교양 강의를 들었다.

기록한 것을 토요일에 제출하라는 C과장(총무)의 말을 듣고 나는 사무장을 따라 원내 중요 시설을 둘러보며 그의 설명을 들었다.

사무실에 돌아온 사무장은 청소, 정돈이 엉망이라며 그에 유의해 줄 것을 덧붙인다.

아닌 게 아니라 아직 시멘트 냄새가 가시지 않을 새 건물 안은 엉성하고, 불결한 구석이 많았다.

하지만 개원 일이 얼마 되지 않은 그래도 종합병원이라서, 오늘도 입원환자가 5명이고, 1명이 퇴원이라니 벌써 '인술'의 명가가 번지는가보다.

화장실 입구에서 수위 두 사람이 하는 이야기가 환자 도주였는데, 그때 내 머리에 떠오른 것이 S병원에서의 J처장이 한 환자의 질(?) 문제였다.

직원들이 집합한 자리에서 Y원장이 나를 인사 소개할 때 나는, 새삼 영광된 자리에 와 있음을 느꼈다.

병원 실무 파악에 들어간 나는 먼저 Y서 교통과의 전화번호를 적어놓고, 이제 내 손으로 다루어야 할 일인 진찰권, 보증금, X-RAY대, 제 검사대, 약대, 혈액대 등 돈과 용지, 청구서 등에 기재되는 PLAiMA, PiNT, MED, GS, PED 등 표기도 눈여겨본다.

어떻게 들었는지 내가 글을 좀 쓴다는 이야기가 윗사람들의 귀에 들어갔는지 B원장이 편지 한 통을 건네주며 적당히 회답을 보내라는 것이다.

'선생님, 안녕하신지요(약). 글월을 올림은 간절한 부탁(약). 저는 21세의 계집애로, 74세의 부친과 환갑된 모친이 병석에(약). 이북이 고향인 저희는 일가친척 하나 없이 노동하시는 아버지(약). 저는 K대 병원에서 식당 근무 중, 늑막염으로 입원, H과장님의 은혜로 소생(약). K병원에서는 병력이 있어 거절하기에 불연 듯 누군지도 모르는 원장님이 저를 구해 주실 것 같아(약). 선생님, 부탁입니다. 식모, 청소부, 세탁부, 무엇이든 일만 주신다면 열심히 하겠습니다. 하나님께서는 '내일을 걱정하지 말라' 하셨지만 저는 죄인이라서 어쩔 수 없습니다. 선생님, 저를 구원해 주세요(약).'

나는 이 가냘픈 소녀의 구원의 손길을 뿌리치는 말을 찾기에 오랫동안 생각해야 했다. 그러나 그의 애절한 호소에 맞설 말은 영 떠오르지 않아 어쩔 수 없이 나는 한 행정 사무원이 되어 답장을 써야 했다.

'귀하가 주신 편지 잘 읽었습니다. 참으로 동정해 마지않습니다. 더욱이 안타깝게 생각하는 것은 힘을 덜어주지 못하는 우리 병원의 실정을 알려드리게 된 점입니다(약). 특히 지난날 투병에 이긴 귀하이기에 그 용기와 노력으로 새 생활의 승리자가 되어 줄 것을 믿으며 계속 건투를 빕니다. 미안합니다.'

젊은 남성 음독 환자가 들어온 것을 보고 나는 어쩐지 계절의 희생 같기도, 아니면 일찍이 깨달음이 있어 인생살이를 포기한 것같이도 느낀다.

510(M, K××), ICU(F, J××)의 용태를 보며 흐렸다, 개었다 날씨와 같은 인생의 몰골을 생각한다.

상자 속에 있는 주민(신분)증, 시계, 반지 등을 보며 어쩌면 그런 것들이 나를 죽일지 모른다는 생각이 든다.

새벽 현관이 왁자지껄하며 수위가 달려와 나를 깨우기에 나가보니, 두 젊은 아가씨가 같은 또래의 아가씨를 업고 들어왔다.

헝클어진 머리카락이 축 늘어진 고개에 엉켜있는 그녀는 백짓장 같은 얼굴에 푹 꺼진 두 눈을 감고 있었다.

응급실로 업혀온 여인이 콘크리트 바닥에 눕자, 나는 그녀를 업고 온 한 아가씨를 데리고 사무실로 들어왔다.

"댁이 환자의 보호자입니까?"

"아뉴…."

"그럼?"

"동네 친군디유."

나는 직책상 우선 진찰권을 사라고 했지만, 그녀는 그 이상 말이 없었다.

"○백원인데…."

나는 그녀에게 사정하는 조로 말하지만 그녀가 겨우 한 말은 같이 술집에서 일하는 사이라는 것 뿐, 진찰권을 살 돈이 없다는 것이다.

동료를 살리려고 새벽 십여 리 길을 뛰어온 그들의 마음은 갸륵하지만, 나에게는 우선 진찰권 발급이 급했다.

"진찰권을 사야 아가씨를 살립니다."

내가 이렇게 말하자 잠자코 있던 그녀가 별안간 응급실로 뛰어가더니, 잠시 후 여자 손목시계 하나를 가져왔다.

"인숙이(환자) 껀디유, 이걸로 되나유?"

그러나 내가 시계를 받고 진찰권을 발급한지 10분이 못되어 응급실로부터 연락이 왔다.

"죽었어요!"

응급실로 달려간 나는 이미 싸늘한 주검을 끌어안고 흐느끼는 두 아가씨에게 죄인이 된 심정이었다.

아픔을 호소하며 찾아드는 여기 '인술의 집.' 인술(仁術)과 인술(人術)이 공존하기에 B소녀가 삶을 구원했고, 접대부 아가씨 인숙이가 시계로 삶을 남겼으니, 그들 아니 우리의 삶은 이렇게 영원으로 이어지는지 모른다.

상자 속에 쌓인 물건들을 바라보며 나는 나의 이 삶의 장(場)을 다시 확인한다.

(5. 15. 월)

그 사람은 지금 어디에

－〈 〉는 1996년 7월 11일 현재 작고

〈찬(贊)〉이

〈찬(贊)〉이,

자네는 이미 '신위(神位)'에 오른 영혼이지만 나는 그 이전의 육신을 떠올리며 이야기하려 하네.

벌써 3년이 지났는지, 그날 나는 오랜만에 사범학교 동창들과 충주 관광나들이에서 돌아와 쉬고 있었지. 그런데 별안간 전화벨이 울려 수화기를 드니 조카의 목소리인데, 자네가 세상을 떴다는 거야!

단번에 눈물이 핑 돌며 천장을 쳐다보는 내 머리 속에는 바로 며칠 전 "못된 병에 걸려 입원했다가 퇴원했다"는 말이 떠올라 설마 했는데, 이 무슨 청천벽력이란 말인가.

이튿날 아침 자네의 마지막 가는 길이라도 보려 물어물어 찾아간 A시의 아파트….

그러나 '조화' 하나 집 앞 길가에 남겨진 채 왕래가 없는 집 문은 잠겨있고 동(棟) 둘레를 빙빙 돌던 나는 어느 아주머니의 이미 '출상' 소리를 듣고 또 한 번 하늘을 올려보았지.

어릴 때 우리 할아버지 밑에서 '천자문'을 떼고 대부께서 골라주셨다는 효경(孝經)이니, 명심보감이니, 겨드랑이에 끼고 나타나 수줍은 얼굴로 우리(나와 동생, 김씨네 친구 등)를 바라보며 반기던 자네 표정이 선한데 그렇게 빨리 가다니….

그 뿐인가. 우리들과 정이 들어 저녁 늦도록 조잘거리며 함께 밥 먹고 사랑방에서 함께 홑이불에 묻혀 서쪽새 우는 소리에 잠이 들기도 했지.

그러던 자네는 그곳 고향에서 기차 통학으로 J중학교를 다녔고 나는 2년 앞서 서울에서 사범학교를 나와 K도 S교(초등)를 시작으로 선생 길에 나섰었는데, 자네도 학교를 졸업하고 선생이 되었다는 소식을 듣고 있었고 해방 후 서울로 옮겨 생활이 퍽 좋아졌다는 이야기도 들었었지.

그런데 내가 P교에서 교직을 떠날 무렵 자네가 찾아와 "형님, 잘못 하셨어요"하던 말이 곧 당시 자신의 처지를 생각해 한 말이었음을 알았었네.

사업한다고 빚더미에 앉았고 다시 들어가려니 받아주지 않는 딱한 사정을 나중에 나도 겪어서 알지만, 그래도 그에 굴하지 않고 고등학교에서 교편을 잡게 된 자네의 수완이 부러웠지.

내가 D고에 자네를 찾아갔을 때 자네는 하얀 Y셔츠 바람으로 운동장가 벤치에서 나를 대하며 예의 겸손함으로 "제가 뭘 알간디유"하며 계면쩍은 웃음을 떴고, 수업을 마치고 나올 때까지 있으라며 학교 앞 구멍가게에 술상을 차려 놓고 갔었지.

그때가 벌써 20년이 넘었는데 D고에서 S고로 옮겨간 자네는 거기서 정년을 맞아 이후의 생활계획도 이야기하고 이따금 K군(B군 정년퇴임)의 사무실에 나타나 바둑을 두었는데….

그리고 사무실에서 나와서 나와 헤어질 때는 걸음을 멈춰 나를 불러 대폿집으로 안내하고 고향 이야기, 조상 이야기에 우쭐해지며 장수(長壽)하는 내력에 비추어 자네 자신도 장수 할 거라며 건강 따위 염두에도 없어 보였는데, 그 생각은 많이 빗나갔구먼.

〈찬(贊)〉이,

나는 얼마 전 자네 꿈을 꾸었다네. 어디서 어떻게 만났는지는 모르지만 언제나 깔끔한 옷차림에 불콰한 얼굴로 재미있게 이야기하던 자네는 나와 헤어지자 뒤도 돌아보지 않고 조그마한 굴속으로 사라져 버렸으니, 정녕 그곳이 자네의 영원한 안식처란 말인가.

언젠가는 나를 비롯하여 우리(인간) 모두는 자네가 머무는 곳으로 떠나겠지만 하늘과 땅(별) 우리를 에워싸고 있는 거대한 그것들 속에 너무나 미미한 존재, 아니 존재라고 조차 생각할 수 없는 우리의 삶이 서글퍼지네 그려.

그럼에도 '비렁뱅이 자루 찢는' 격으로 그 중에 잘났다고 설치는 자, 동류(同類)를 깔보고 짓밟는 자, 호령하는 자, 어수선하니 어쩌면 자네는 절대 자유를 누리는지 모르지.

내가 지금 자네와 이야기하는 것은 자네를 육신(肉身) 그것으로 대함이니, 그(육신)를 떠난 자네는 어쩌면 나와는 이미 연(緣)이 끊어진 사이인지 몰라….

그래도 육신인 나는 이를 버리고 떠날 때까지 자네를 못 잊어 슬퍼한다네.

〈찬(贊)〉이,

신(神)도 무심하지. 그 슬픈 부파(訃波)는 유독 나에게만 밀려오는 것 같아.

〈직(直)〉이를 자네는 그 승에서 만났는지? 자네가 가기 전, 내가 고향에 내려갔을 때 "형은 틀렸슈, 산소자리까지 봐 둔 걸유" 하던 〈직(直)〉이 말에 당시 자네가 얼마나 위중한 상태였는지 짐작한 나는 그저 할 말이 없었지.

시골을 마다 않고 장남인 자네 몫까지 맡아 노모를 모시고 집안 살림을 훌륭하게 일으켜 가던 〈직(直)〉이가 자네가 간지 얼마 되지 않아 또 따라가다니….

나이가 우리보다 훨씬 아래였던 그는 자네를 따라다니며 온갖 재질을 보였지만 웬일인지 글을 좋아하지 않아, 내가 알기로는 학교 공부는 거의 안 한 걸로 알고 있는데 군대에서 익혔다나. 웬만한 병 치료는 의사 못지않아 동네에 이름나지 않았는가.

그날, 우리 선친의 이장을 도맡아했던 그가 행사를 마치고 돌아오는 나에게 "형님, 가끔 놀러 오세유"가 마지막이었으니….

지난 가을, 내 동생을 비롯하여 집안 식구들과 조상 산소를 찾아가는 길에서 비로소 〈직(直)〉이의 서거를 전해 듣고 나는 또 한 번 '고향무정'을 느꼈었네.

'이제 고향에는 말 한마디 건넬 사람이 없구나….'

뇌이며 들어선 그 여관에는 한 해 전만 해도 기다리는 사람(〈직(直)〉이가 인솔한 일가 사람들)이 있었는데, 낯선 숙객들만 스쳐가니 무정할 손 한(恨)이었지.

그리고 또 그 무슨 변고란 말인가.

자네의 사촌 〈국(國)〉이를 내가 본 것은 자네 아들의 결혼식장에서였는데, 꽤 오랫동안 시골학교 훈장을 한 그가 자네 뒤를 이어 갔다지 않은가.

홍안의 미소년이었던 그를 40여 년 만에 만난 그때 나는 그

의 얼굴이 너무나 달라진 것에 세월의 바람을 느꼈지만 "형님,
저도 60인 걸유"하는 맑은 목소리는 예와 같아 정겨운 한 때였
는데, 이제 어디서 그를 또 만나나….

〈찬(贊)〉이,

자네나 나나, 우리는 외로운 집안인 것을 모두 다 빈자리뿐
인 오늘의 이승에서 절실히 느끼고 있네.

우리는 5대 독자로 내려 왔으니 6촌이 고작이요. 다음으로
자네네가 그 윗대에서 갈린 대로 가까운 일가였는데, 자네네
역시 입양(入養) 탓에 6촌외에 가까운 핏줄이 없는 것 같으니
말일세.

이미 육신을 떠난 자네(신위)에게 내 무얼 안다고 감히 이승
의 연을 뇌이다니…. 그러나 그래도 나(우리)는 그 연을 잊지
못하니, 언제 어디서 그 모습의 자네네를 만나려나.

〈충(忠)〉이

〈충(忠)〉이,

그때(왜정)의 우리는 오늘의 어린이의 꿈과는 사뭇 달라 그
저 상급(중, 고)학교에 진학만 하면 그것만으로 족했지. 무엄

하게도 '덴노오헤이까 = 대통령'을 넘보거나 대신(장관), 도지사, 군수 등 높은 자리는 우리와는 먼 신성불가침의 존재였기에 사실 우리의 꿈은 없는 것과 다름없었지.

보통학교(초등학교)를 졸업하여 일어를 알고 머리가 좋으면 면서기, 순사(순경), 시험에 패스해서 월급쟁이 되는 게 고작 출세로 여겨졌던 때라 '긴보당 = 금단추'를 단 중학생을 동경하지 않았던가.

그래서 나보다 한 학년 위였던 자네는 그 금보당을 꿈꾸어 우리 학급에 들어와 같이 공부하게 되고 집도 우리 동네로 옮겨와 가까운 일가로도 집안 같이 지냈지.

동갑내기 4학년(?)이었지만 항렬이 나보다 하나 아래인 자네는 언제나 나를 부를 때 "어이", "그랬어", "그랬남", "거기는 = 너는" 등 딱 부러지게 "해라"를 못하고 지냈음을 알고 있어.

거기에 선돌에 사는 헌(憲)이가 끼어 우리 셋은 공부에도 상위에 있었기에 다른 아이들이 부러워 할 뿐만 아니라 특히 '씨름'을 잘해서 이름이 났던 자네는 덩치 큰 동네 소년들도 쥐구멍을 찾았었지.

그러나 자라는 아이들 사회에서 있을 수 있는 말다툼이나, 싸움 같은 것을 내가 생각하기에 단 한 번도 없었던 우리는 그 중 누구의 한마디 말에도 행동이 통일 됐으니, 그 언젠가 담임선생에 불만을 품고 셋이서 동맹 결석한 사실을 자네는 알겠지.

〈충(忠)〉이,

자네는 D공업학교의 그 꿈의 금단추를 달고 힘겨운(질병?) 정진 끝에 졸업을 하고 곧 초등학교 선생이 된 걸로 아는데….

그렇지, 얼마지 않아 8·15 해방이 되어 나와 고향에서 만나 어른(결혼함)이 된 자네와 만났던 때가 생각나네.

그때는 나를 보고 '아저씨'라 했는데 그 발음이 왠지 똑똑하지 않아 오히려 내가 편했지.

그 후 자네는 '서울로 서울로' 치닫는 젊은이들과는 달리 가르치는 일을 천직으로 학교에 눌러 앉았었다지?

어릴 때는 그렇게 다정했던 자네와 나 사이가 어쩌면 그렇게도 근 20년 무심히 흘렀는지 아마 나이를 먹으면서 '정'도 무디어지는지….

그 후 내가 자네를 만난 것은 동생 세(世)의 집 봉천동에서일 거야.

그때 자네는 어린 남자아이(아들)와 부인을 나에게 소개했는데 거기서 비로소 자네의 상처(喪妻)를 알았었지.

그런 비애를 딛고 넘어선 자네는 그래도 여전히 충청도 특유의 사투리로 우스갯소리를 했는데 이젠 그 소리 어디에서 들을꼬….

이어 롯데 연회장, 강남 모 예식장 등 자네가 올라왔다면 빠지지 않고 참석해 짧은 시간이나마 자네와 대했던 나는 퍽 행복했었지.

그리고 뜸했던 어느 날 시외 전화로 대천 자네를 불렀을 때 자네도 그랬겠지만, 나도 흥분한 목소리였지.

"아이구, 아저씨…."

내가 묻지도 않은 술도, 담배도 끊었다는 말에 나는 앞으로 10년을 더 살 거라 생각했는데 그 무슨 날벼락인가.

서울 모 병원에서 자네가 작고했다는 소식을 듣고 나는 신을 원망했었지. 그 많은 사람 중 왜 내 분신(分身)같은 사람만 골라 데려가느냐고.

〈충(忠)〉이,

나는 내가 이승에 있는 날까지 자네의 육신을 잊을 수 없겠네.

〈철(哲)〉이

〈철(哲)〉이,

그 얼마만의 이름인가. 흔히 사람들은 술친구는 친구가 아니라 했는데, 우리는 그와는 다른 진짜 친구가 아니었던가.

술로 맺은 10여 년의 연(緣), 역시 술로 매듭짓고 자네는 홀로 저승으로 떠났으니, 이승에서의 그 호기(豪氣)는 다 어디

갔단 말인가.

"낙양산 십~리 허에…."

석양 배를 하자며 영릉(英, 寧陵) 숲 속에서 무엄하게도 능
분을 가리키며 몸을 흔들어대던 그날의 자네 모습이 아직도 선
한데….

내가 자네를 좋아한 것은 자네가 나를 좋아(?)했기 때문인
데, 그 좋아한다는 징표가 '술'이었고 그 속에 둘은 흠뻑 젖어
있었나 보이.

그래서 밀가루, 보리쌀, 봉급이 바닥난 살림에도 외상 소주
한 병 들고 강가에 나가면 온 천하가 우리 것이었지.

외상 하기에 만만한 선술집에서 새우젓 국물을 안주로 막걸
리를 마시고 됫술 파는 할아버지 가게에서 강술을 마시고 과수
댁 아줌마 술집에서, 간신히 '외상' 소리를 내고는 가슴 조이
며 아줌마의 입을 응시(凝視)하던 그때가 언제였던가.

〈철(哲)〉이,

그 무렵 누더기 군복 옆구리에 주머니를 차고 낡은 전투모를
삐딱하게 뒤집어 쓴 '오중사'의 행각이 참 재미있었지.

어쩌다 비바람을 피해 비각(碑閣)에 오는 여자 걸인과 낭만
도 있다는 그는 6·25때 전장(戰場)에서 정신, 신체의 불구가
되었다(그러나 누구의 증언도 그 출처도 모름)면서 술집에 나
타나면 여느 상이군인과 달리 우선 거수경례를 하고는 "…헤,

헤— 아씨 한잔"하는 바람에 손님들은 술 한 잔(더 달라지 않음) 따라 주고는 찔뚝찔뚝 돌아서 가는 그의 모습을 바라보며 '착한 상이용사' 라 칭찬했었지.

그를 사람들이 칭찬할 만도 한 게 그 당시 그 무법천지의 깔꾸리 위협에 히틀러 별명의 K 교장이 "그 손목 하나마저 꺾어 놓겠다"는 호령을 하지 않았는가.

오중사가 비각거리의 왕초일 때 우리는 외상 목로의 왕초였던가. 자네는 고장 토박이였기에 그 위력을 발휘하는 덕분에 나는 부담 없이 행세했었어.

그런데 어느 날 자네는 '빽 바람' 을 타고 서울 N중·고 수학(?)선생으로 갔었지.

어쩌다 서울에서 내려오는 길에 학교에 들른 자네는 나의 도시락 지참을 보고 '궁상맞다' 고 놀렸지만, 나는 그 소리가 싫지 않아 같이 웃었었지.

그것은 자네가 나를 깔보는 말도 아니고, 내가 자네의 출세(?)를 부러워하지도 않았기 때문이었지.

그런 자네와의 만남도 얼마지 않아 5·16의 역풍(逆風)을 맞아 나는 그 자리에 머물렀지만, 자네는 다시 예비교사(자네가 스스로 한 말)가 되어 무료한 나날을 보내다가 L씨(학부형)의 공장에 나갔었지.

그런 어느 날 자네의 전화를 받고 나간 나는 자네의 머리에 흰 붕대가 감겨있는 것을 보고 놀라움보다는 웃겼었어.

"인마, 장군이면 투구를 써야지. 그까짓 붕대냐?"

놀려대며 유심히 본 나는 붕대에 비친 붉은 피 자욱에 마음이 아팠어.

"…처자식하고, 먹고살려고…."

"왜, 그 꼴이 되었지?"

"수금하러 갔다가 트럭 위에서 가로수 가지에 걸려서 그만…."

"그래도 마실 테냐?"

"인마, 치과에서 이빨 빼고 피가 줄줄 나오는데도 마셨어!"

"참, 용감하다. 그래 오늘은 내가 위로 술을 살 테니 안내는 네가 해라."

나의 말에 평소 그렇게 비위가 좋던 자네도 자존심은 살아있어 사람들에게 흉한 꼴을 보이기 싫다며 술집을 피해 소주병을 사 들고 능(陵)으로 갔었지.

그때 마침 능에 친구들(J씨, H씨 등)과 놀러와 있던 L씨(나의 8촌 동서) 일당과 합류해 엄청나게 추한 모습을 L씨가 찍은 카메라 사진으로도 볼 수 있지 않았었나.

그렇지, 붕대 맨 머리며, 이마 아래 두 눈이 아주 감겨 있는 자네. 그래도 저녁놀은 그 얼굴을 비추고 있었지.

그로부터 몇 해가 지났던가. 나는 자네가 임용(任用)시험을 거쳐 고향 Y의 조그만 학교로 갔다는 이야기를 듣고 있었지.

그 당시 나는 예비 교사가 아닌 현직 퇴직 교사로 이것저것 일거리를 만들고 다녔기에 시간과 자리에 얽매이지 않아 쉽게 자네를 찾아 갈 수 있었는데….

내가 Y교에 있을 때 수 없이 건넜던 그 남한강 나룻배를 타고 그 조그마한 학교에 들른 것이 정오가 훨씬 넘어서였으리라.

옛날의 기분 그대로 친구(나) 앞에서는 수업도 시간도 밀어놓은 자네는 나를 보자 거의 울먹이는 소리로 "너, 너 ×××맞지…"하고 달려들던 그날이 우리 만남의 마지막일 줄이야!

〈철(哲)〉이,

그러나 나는 이제껏 자네의 무덤도 모르고 부인과 아들(둘?) 딸(하나)들의 성장했을 모습도 모르고 사는 오늘임에도, 생전의 자네와 나 사이 '술친구'란 부정적 속설을 부정한다네.

C선생

벌써 반세기 전이니까 선생(여자)은 당시 E라는 나를 기억조차 못할지 모릅니다.

그때, 아마 나보다 나이도 한 살쯤 위였던 선생은 여학교(여자 사범학교) 유니폼 내음이 미처 가시지 않은 청순함 그것이었지요.

무엇보다도 당시 창씨개명으로 일인인지, 한인인지 성씨로는 구별가지 않았는데도 선생은 유일하게 '최'라는 뚜렷한 한국 여인(처녀)이었습니다.

M이라는 미남 일인 총각선생과 히히덕거리는 다른 한국 여자(처녀) 선생들에 비해 당신은 초연한 한국 여성 본연의 정숙미가 나에게 돋보였지요.

뿐만 아니라 바로 나와 이웃한 교실에서 짬이 있을 때마다 내 교실에 들러 문학(독서)을 이야기하고 때에는 오르간 반주에 맞추어 우리는 노래를 부르기도 했지요.

그리고 부락 출장에 나와 짝을 이루어 보리 익은 6월의 들길을 걷는 나는 이삭을 스쳐 가는 바람 속에서 둘이 언제까지나 걷고 싶었답니다.

그때 우리는 무슨 이야기를 나눴는지 기억에 없지만, 다만 선생이 발끝에 시선을 떨구고 무엇인가 혼잣말같이 종알거리던 모습이 머리에 떠오릅니다.

선생은 티 없이 희고 맑은 얼굴에 큰 쌍꺼풀눈이 소설 속의 주인공같이 푸른 하늘을 가득 담고 있었지요.

C선생,

그런 당신도 세월에 밀려 지금은 틀림없이 할머니가 됐을,

그러나 그럴 수가 없는 선생을 나는 생각합니다.

우리가 선생 초년생이던 여름 방학을 맞아 가고팠던 A포도
원 등 이야기꽃은 파란 하늘을, 푸른 계곡을 얼마나 장식했었
는지….

그렇지, 그래서 나는 선생이 떠나던 날 부랴부랴 뒤차(기차)
를 타고 A역에서 내려 해가 질 무렵까지 그 포도밭 입구를 서
성거렸는데, 선생은 들어오지도, 나가지도 않았어요.

물론 선생과 나 사이 약속(약속할 용기도 없었던 나이지만)
도 없었거니와 단지 지난날의 이야기꽃에 미련 둔 나의 무모한
감각(느낌)임에도 실망은 실망으로 남았습니다.

C선생,

그런데 선생은 그 후 통 우리(학교) 곁에 나타나지 않았고
들리는 말로 결혼 운운했었는데 어떻게 그렇게 쉬운(?) 선택
이었지?

당시 선생은 '정신대'로 끌려갈 위치도 아니고, 다만 '창씨
개명'에 거역한 멍에가 걸려 서둘러 주부의 길로 들어섰던 게
아니었는지….

같은 선생이면서도 일인 선생이 우리(조선)학생을 벌주면
우리는 어쩐지 마음에 걸려 흥분했고 특히 여학생을 심하게 다
뤘다 해서 일인 M선생에 항의한 일이 생각나는구려.

겉모습은 일본인 그것이었지만 속은 조선인(한국인)이었던

우리는, 비록 나이는 어렸지만 어쩔 수 없는 한겨레 오누이였
던 그날이 그립습니다.

H선생

20대 초반이었던 내가 B교에 부임했을 때 몇 사람 여선생 중
에 유독 어린 티가 나는 가무잡잡한 얼굴의 H선생이 돋보였던
것은 선생이 거침없이 설치는(?) 행동에서였습니다.

그렇다고 그것이 나에게 불쾌했거나 거부감을 주는 게 아니
고 도리어 격의 없는 친근감과 이성(異性)간의 사귐에 피차 부
담 없는 1:1의 당당함이었습니다.

H선생,

이제 당신의 나이도 고희(古稀)에 육박했을 오늘, 그 옛날
의 이야기가 부질없는 춘몽(春夢)이었음을 피차 어찌할 수 없
구려.

그러나 자고로 남자는 남자로, 여자는 여자로 구별된 조화
(調和)가 꿈이 되고 삶이 되는 아름다움을 우리(인간)는 잊을
수 없습니다.

직장에서는 그렇게 흥허물없이 대하던 선생은 나와 한 동네

에서 하숙하면서 한 번도 출·퇴근을 같이하지 않았음에도 어느 일요일 아침 동료 Y여선생과 함께 내 하숙방을 찾은 것은 뜻밖이었습니다.

그날 나는 왠지 Y선생은 안중에 없고 선생의 일거수일투족(一去手一投足)이 그렇게 신경이 갈 수가 없었습니다.

낚시질한다고 나갔던 그날 선생과 Y선생은 낚싯밥도 없는 낚시를 물에 던져놓고 뒷산 진달래꽃을 따라 산을 헤매다 공습경보를 듣고 허겁지겁 뛰어 내려왔지요.

그 무렵 오키나와, 유황도, 사이판에서의 옥쇄(玉碎) 소식이 전해져 곧 조선(한국)에도 미군(美軍)이 상륙할거라며 죽창을 들고 맞서야 한다는 O교장의 조회 훈시가 귀에 따가웠고, 동료 남자 선생이 어깨띠를 걸치고 출정(出征)하는 등 참 불안했지요.

"아이구, 우리 집 근처에…."

읍내에서 사는 Y선생이 안절부절 어쩔 줄을 모르는 사이 '뚜우—' 공습경보 해제 사이렌이 울리고 읍내 상공에 B29의 흰 띠(구름)가 원을 그리고 사라질 때 우리는 서로의 얼굴을 바라보았지.

H선생,

그때 내가 본 선생의 얼굴은 여느 때 보지 못했던 선생답지 않은 심각한 그것이었어.

"옥쇄는 무어고, 죽창은 무엇이냐"며 바위 아래 푸른 강물을 바라보던 나는 우리의 낙화암을 머리에 떠올리고 있었지요.

그것은 몇 년 전 부여 '신궁'을 만든다며 공사가 한창일 때 봉사활동 차 낙화암을 찾고 그 정상에 세워진 '벽화정'에 올라 내려 본 백마강의 푸른 물결이 그와 흡사하다고 생각했기 때문입니다.

H선생,

그때 나는 실없는 소리를 한 것 같은데, 그 말에 선생이 토라지는 바람에 당황했지요.

"옥쇄는 삼천 궁녀가 본이고, 여인은 그래서 더 아름답다"고.

그런 말을 일종의 성(性)차별로 선생은 그 시절에도 남성과 맞선 생각이 확고했음을 오늘을 사는 나는 확신합니다.

왜정 말기의 등쌀에 그래도 쓸개라도 덜 빠뜨리려 내가 사직원을 내고, 선생에게도 작별 인사를 했을 때 선생은 생글생글 웃으며 언제 어디서 다시 만나겠느냐고 했지요.

"그것은 10년 후에…."

"아휴— 안돼요, 나는…."

정말, 10년 소리에 놀라워하던 선생과의 만남은 이미 그 다섯 배를 넘어 이제는 황혼 길에 섰습니다.

그동안 내가 중앙청 앞 모 회사에 있을 때 우연히 만난 B교에서의 C선생(당시 문교부 근무)을 통해 선생의 진학(대학)소

식도 들었고 또 그 누군가의 입에서 해방 바람에 변모한 선생
의 모습도 흘러 나왔었지요.

　H선생,

　어쨌건 나에게는 해방 2개월 전 B교에서의 '10년' 작별 때
의 당신 얼굴만이 언제까지나 남아있을 것입니다.

매미소리

　초등학교 여름 방학 때 실습지 당번이 되어 학교에 들를라치
면 그새 푸르다 못해 검푸른 빛깔로 변한 운동장가 벚나무 밑
에는 잡초가 자라고, 그 사이 사이에 구멍이 뻥뻥 뚫린 것이 나
에게는 충격(?)이었다.

　하기야 우리 집 마당에도 장마가 끝나면 작은 구멍들이 나타
나 형들이 하는 대로 나도 호박꽃넝쿨 더듬이 같은 것을 자르
고 끝에 침을 발라, 그 구멍에 집어넣어 작은 벌레가 묻어 나오
는 것을 보고 즐거워했다. 하지만 이건 어마어마한 큰 구멍이
수없이 뚫려있는 데다 거기 감히 가느다란 넝쿨 더듬이 따위로

는 엄두가 나지 않았다.

"파 볼까?"

그러나 운동장을 파는 따위가 선생의 눈에 띄면 꾸중을 들을 테고 그대로 지나쳐버리려니 어쩐지 궁금해 견딜 수가 없었다.

그런데 그때 마침 우리 학교와 한 울타리 안에 있는 농업실수(農業實修)학교(중등학교과정) 학생 한 사람이 연장을 들고 운동장으로 들어왔다.

"느네들 당번이구나."

"그려유, 그런디 형은 이거 알아유?"

대뜸 내가 묻는 말에 그는 무슨 자랑거리라도 지니고 기다렸다는 듯 마침내 그 지식의 보고(寶庫)를 열었다.

"저것은 말여, 매미의 유충이 나온 구멍여. 그려그려 굼벵이로 나와서 나무에 기어올라가 껍질을 벗으면 매미가 되지 않는가벼. 느네들 그 껍질을 따서 약방에 판 적이 있지? 저 봐 벚나무 여기 저기 그 껍질이 있고 우에서는 매미가 울고 있지 아녀?"

"그려유, 난 그걸…."

그는 나의 2, 3년 선배로 초등학교 때 모범생이었다는 학생답게 나에게 매미에 대한 신기한 이야기도 들려주었다. 그런데 그 중에서도 10년을 넘게 땅 속에서 자란 매미가 굳은 땅을 뚫고 나와 극히 짧은 삶을 부르다(울다) 죽는다는 대목이 감동적이었다.

그 후부터 나에게는 매미의 울음소리가 예사롭게 들리지 않았다. 그러나 왕매미가 지글지글 끓는 여름을 "와—", "쇄아—" 쉬지 않고 울고 쓰르라미가 쓰르람 쓰르람(충청도에서는 뜰럼 뜰럼 운다함) 가을바람에 띄우는 소리는 무엇을 뜻하는지….

시내에서 사촌들과 멱 감고 돌아오던 꼬마시절 우리 집 밖 마당가에 흐드러지게 피어있는 백일홍(배롱)을 가리키며 이제 두 번 더 피면 추석이라고, 가슴 부풀던 그때 동구 밖 미루나무 위에서는 쓰르라미가 울고 있었다.

쓰르라미뿐 아니라 가을이 온다는 신호같이도 들었던 맴 맴 맴, 쪼꼬 쪼꼬, 갓시(?) 등 뒤꼍 살구나무, 감나무에 찾아와 울던 매미들은 그 정식 이름은 모르지만, 그 모두가 나에게는 날씨와 계절의 흐름을 일깨워 주었다.

그런 까닭에서인지 매미 소리는 나에게 평온을 일러 주었고, 그것을 오늘의 향수(鄕愁)로 부르기도 한다.

6·25때 한강에 막혀 미처 서울을 빠져나가지 못했던 나는 적군이 들어온 줄도 모르고 전농동 굴다리를 지나오다가 떡전거리(회기동) 시조사 앞길에 위장(僞裝)된 전차 대열과 부딪쳤었다.

그때 이 웬일인가. 그 위장 속에서 "와—" 왕매미 소리가 들려 살펴보니, 흙투성이 전복(戰服) 까까머리 병사들이 차 속에 흩어져 자고 있는 게 아닌가.

참 용감한 매미지. 적군이 꺾어간 나뭇가지를 기어코 찾아내 병사들을 잠재웠던 매미여.

나는 그 덕(?)에 그 자리를 무사히 지나왔었으니, 매미 소리는 모든 사람의 평화가 아닐까.

또한 그 소리를 내기 위해 수많은 어둠 속의 삶을 극복하는 매미의 '한살이'에 백년을 사는 인간은 무엇으로 사는지 나 자신에게 물어본다.

곰재의 진달래

지금은 그 흔적도 희미하지만, 나 어렸을 때는 그 재를 넘는 게 마치 이방(異邦)을 넘나드는 기분이었다.

그것은 재를 중심으로 한쪽(우리)을 J면(面)이고 또 한쪽은 M면이었기에 함부로 넘었다가는 텃세하는 소년에게 혼날 수도 있기 때문이었다.

그렇다고 쉽게 넘을 수도 없는 긴 신작로(산길)는 꼬불꼬불

십리 가까운 가파른 데가 많아 자전거를 끌고 가는 사람은 이따금 우리를 불러 밀게 하고 고맙다는 말과 함께 동전 한 잎을 쥐어 주기도 했다.

그 곰재는 우리 산의 높은 봉우리에 속해 있어 우리(나)는 그를 바라보면 어쩐지 우쭐해지기도 했다.

그러나 그 곰재를 이룬 산은 거의가 돌로 되어 있어 언제나 회색을 띠었고 특히 봄에는 바위틈마다 진달래꽃이 무더기로 피어 온 동네가 꽃 속에 묻혀 사는 경관을 이루었었다.

그때 우리 어린이들은 진달래 꽃다발을 만들기 위에 그 돌산에 올라가기도 했지만 특히 소녀들은 바구니, 구력(망태)을 들고 메고 재를 넘어 M면에 속한 논과 밭에 원정 가기도 했다.

내가 두 누나(하나는 친누나, 하나는 사촌누나였지만 둘 다 어려서 죽음)를 따라 곰재를 넘으면 숲 사이 눅눅한 곳에는 노란 꽃(모양이 바구니 같다고 바구니 꽃이라 했음)이 피어있고 양지 바른 잔디 속에는 뽀얀 털로 덮인 할미꽃이 봉우리 져 있어 그것을 본 우리는 탄성을 지르기도 했다.

"누이야, 이거 봐!"

"워디, 워디."

내가 소리 지르면 누나들은 달려들어 그 꽃을 꺾어 바구니(구력)에 넣고 서둘러 산을 빠져 나와(산에는 사람을 잡아먹는 용천뱅이가 있다 해서) 논·밭이 있는 들로 갔다.

거기에는 냇물이 흐르고 논에는 자운영 꽃이 만발해 벌과 나비가 웽웽거리고 있었다.

누나들이 고동(다슬기)을 잡는 사이 벌, 나비를 쫓아다니느라 흙투성이가 된 나를 본 우리 누나는 어머니한테 혼난다며 털고 닦고 법석이었다.

그러느라면 우리 누나는 어머니가 뜯어오라는 논나시(논냉이)가 바구니 밑에 깔려 사촌누나의 그것과 대조가 되었다.

"누이야, 인제 가자."

하품을 크게 하며 성화대는 나를 업은 누나는 비틀비틀 논두렁에 나와 쑥이니, 씀바귀니 등의 나물로 바구니 채우기에 여념이 없었다.

그리고 돌아오는 곰재 길, 나보다 3, 4세 위(?)였던 7, 8세의 누나 등에 업히고 걷고 하던 그때의 천성(天性)같이 착하디착한 누나를 나는 잊을 수 없다.

그렇게 올라선 곰재 마루 돌산은 만산 진달래로 다시 우리들은 맞았고, 이름 모를 산새들도 그에 가세 노래 불렀다.

"우리 꽃 방맹이(꽃다발) 맨들까?"

"그려…."

사촌 누나의 말에 우리 누나는 나를 업고 오느라 퍽 힘들었는지, 바위에 기대앉아 시답잖은 대답이다.

그날 이후 내 기억에는 누나와의 접촉이 없었고, 다만 내 잠

결에 아버지가 하시던 "…애들이 자갈자갈 하는 소리가 들려
서…"는 애장(아기 무덤)에서 났다는 소리였음을 나는 뒤늦게
알게 되었다.

나도 모르게(전염병으로 갑자기 죽었다함) 간 누나, 지금은
그 곰재도 깎여 내리고 진달래 피던 돌산도 허물려 뚫린 넓은
길에는 온갖 차들만이 질주하고 있었다.

보리밭

나에게는 한여름의 푸른 바다와 푸른 하늘 그리고 초록빛 보
리밭이 추억의 환상으로 떠오른 때가 많다.

그것은 해방 이듬해 내가 직장(P교)을 그만두고 고향으로
내려가는 기차 안에서 좌석을 같이했던 어느 젊은 여인(처녀?)
이 건네준 잡지(외국) 표지의 그림이 어쩐지 내 젊음의 상징으
로 느꼈기 때문이기도 하다.

태양이 부신 하늘과 맞닿은 푸른 바닷가 모래 위에는 인어와
같은 수영복 여인네에, 멀리 흰 구름을 이고 서 있는 송림 등,
그것은 한마디로 싱싱한 푸르름 그것이라 할까.

또한 그 푸르름을 그리는 마음은 어쩌면 내 초등학교 졸업

날 아침 등굣길에서 바라보이던 보리밭이었는지 모른다.

이전까지는 무심에 가깝던 보리밭을 바라보는 눈이 그날따라 왜 그렇게 아름답게(푸르게) 느껴졌는지….

하지만 내가 어릴 때 은연중 들어온 보리밭에 얽힌 이야기는 퍽 신기했었으니, 그 중 갑오(甲午)년 난리에 우리 농민이 왜병에게 얼마나 당했는지 알 수 있었다.

우리 일가 할머니가 맏아들을 낳고 산후 조리를 하던 중 왜병이 몰려와 집에 불을 지르고 사람을 잡아가려 할 때 산부(産婦)인 젊은 할머니는 핏덩이 아기를 보리밭에 던지고(살아있으라고) 할머니(어미)는 산 속 깊이 숨어들어 봉변을 면했고, 아기 역시 보리 대에 가려 목숨을 건졌다는 것이다.

그런 보리밭 이야기가 있는가 하면 어떤 양반에 의해 종살이 하던 처녀가 보리밭에서 아이를 낳아 사형(私刑)을 당해 끝내 죽었다는 한의 보리밭.

그러나 그 보다도 우리의 보리밭은 오랜 동안 우리 민족의 생명을 이어 준 식량 보급지였음을 누가 모르랴.

'보릿고개' 라는 말도 있듯이 식량(쌀)이 바닥난 봄, 퍼렇게 솟아오르는 보리 싹을 바라보는 농부의 마음도 그렇게 푸르렀으려니 말이다.

옛날 우리 어머니, 할머니의 가르마같이 다듬어진 밭고랑은 그 추운 겨울에도 우리 조상들이 거름 지고 드나든 발자국이요, 뿌리를 덮어줄 이불(흙)인 것이다.

어떤 사람은 그 옛날 그 보리밭에서 얻었던 보리쌀이 그리워 보리밥집을 찾는다지만, 나는 그보다 먼저 우리 보리밭의 정서를 맛보아야지 않을까 생각한다.

나는 지금도 파랗기에 바다가 좋고, 파랗기에 하늘 그리고 보리밭의 환상이 예와 다르지 않다.

사쿠라(벚나무)

해방 후 사쿠라(sakura)에 대한 이야기가 무성했는데, 그 중에도 그 나무의 원산지가 어디냐에 대해 여러 견해들이 있었던 건 사실이다.

결국 우리나라(제주)가 원산지임이 밝혀졌지만, 실지로 그 증거를 나는 어려서(60여 년 전) 간직해 있었다.

원래 나는 어려서부터 나무 특히 이상하거나 아름다운 꽃을 피우는 식물을 좋아해 산이나 들에서 그런 것을 발견하면 캐다가 심었었다.

그런 내가 7, 8세 되던 봄, 우리 집 뒷산 중턱 소나무 속에 흐드러지게 꽃이 핀 제법 큰 나무 한 그루를 발견했다.

무엇보다도 꽃이 탐이 난 나는 집에 내려와 괭이, 호미 같은 것을 들고 가 온종일 파고 당긴 끝에 기어코 그 나무를 캐다가 대문 앞 공터에 심었었는데, 결국 꽃은 떨어지고 연한 속잎도, 차례로 시들어죽고 말았다. 하지만 그것은 우리 산(충남) 속에 자생한 벚나무임을 자연스럽게 알고 있었다.

그 벚나무가 해방이 되자 일본 국화(國花)래서 원산지를 두고 여러 소리들이 나왔던 것인데, 나는 제주도가 아닌 중부 지방에서 야생 벚나무를 캐다 심은 '원산지 증명'을 할 만한 존재가 아니었던가.

하기야 일인들 천하에서 그들의 사쿠라(벚꽃) 예찬은 우리 어린이나 젊은이들에게 삶의 가치까지도 어떤 목적에 결부시킨 "…이사기 요꾸 지로오＝깨끗이 떨어지자(죽자)" 등 선동적인 글이 생각난다.

그래서 일인들은 2차 대전 중 적(미국, 영국, 중국 등)이 손을 들고 항복해 오는 사진을 보고 겁쟁이이니, 목숨을 구걸하느니 해서 천시(멸시)했고, 전장(戰場)에 나가는 젊은이들은 무조건 "죽어서 돌아오겠다"였다.

확 피었다가 확 떨어지는 것이 '일본의 국민성'이라 해서 '천황'을 구심점으로 침략 강국이었던 일본은 헬렌 켈러 등이 '사쿠라를 바닷가의 물보라로 표현했다'며 자랑하는 국어 선생도 있었다.

물론 그 사쿠라가 우리 벚꽃이건 일본 국화 건 봄을 장식하는 아름다운 꽃임은, 우리는 그 시절이나, 지금이나 다를 바 없다.

일본이 창경궁을 창경원으로 격하해 일반 대중의 놀이마당이 되었을 때 '요사꾸 = 밤 벚꽃'에 창경궁은 인파로 발붙일 틈이 없었고, 남산 꼭대기에 세워진 소위 조선 신궁 앞에도 우리 벚꽃은 피어있었다.

그런데 해방 직후 많은 벚나무들이 단지 일본인의 사랑을 받았다고 해서 무참히 베어진 것은 너무 조급한 우리의 실수가 아니었을까?

나는 주로 오늘의 경향(京鄕) 학교 주변을 옛날의 눈으로 보고 있는데, 어떤 곳은 차라리 벚나무가 거기 있었더라면 하는 생각이 들 때가 있다.

그것은 선배가 심었던 벚나무에 흐드러지게 꽃이 피고, 꽃보라를 이루고, 파란 하늘 아래 떨어진 꽃잎을 쓰는 귀여운 후배들 모습이 상상되어서이다.

왕봉과 용못

내가 태어난 곳은 우리 본가에서 바라보이는 냇물 건너 편

외가라 했다.

당시 우리 외가는 역내에서도 손꼽히는 부자로 외할아버지가 외지에서 사업에 성공한 때문으로 나는 알고 있다.

그런 까닭에 시골인 외가는 당시 흔치 않은 큰 기와집이 세 채(외삼촌 3형제 몫)였는데, 내가 태어난 곳이 그 중 아래 기와집이라 했다.

그럼에도 나는 철이 들어 한 번도 그 기와집에 들른 적이 없고, 가운데 기와집에 인접한 아담한 옛 한옥에 많이 들렀었다.

어머니가 동생을 업고 나를 앞 세워 찾아간 그 집에는 안방에 외할아버지의 사진이 늘 걸려 있었는데, 동생은 무섭다고 "엄마!" 소리치며 어머니 품에 안기는 것을 보고 사람들은 한바탕 웃어댔다.

내가 태어나서 얼마 되지 않았을 때 돌아가셨다는 외할아버지는 퍽 풍신이 좋은 분으로, 검은 수염이 가슴 부위까지 늘어뜨린 모습이 옛날이야기에 나오는 장수 그것이었다.

그리고 대청마루 건넌방에는 외삼촌(둘째)의 교복(제2고보 = 현 경복중고) 입은 까까머리 사진이 걸려 있었는데, 머리 중간이 유독 솟아 있었던 기억이 난다.

그런데 큰외삼촌(어머니의 바로 아래)은 일찍이 학교(현 서울대 법대의 전신)를 마치고 관리(공무원)가 되어 서울에서 살림하셨다. 그리고 둘째, 셋째는 아직 대학(지금의 서울대 치대와 법대)에서 공부하느라 가정부(식모) 두 사람(처녀)과 마을 아주머니(집안)들이 항상 모여 있었다.

"애, ××아, 창가 좀 해라."

외할머니는 심심하다시며 꼭 나에게 창가를 시켰는데, 당시 5, 6세였던 내가 무슨 노래를 불렀는지는 몰라도 잘한대서 엿도 사 주시고 동전도 주셨던 기억이 난다.

그럴 때는 나도 외할머니에게 옛날이야기를 해 달라 졸랐는데, 외할머니는 참 재미있고 무서운 이야기를 잘해 주셨다.

"옛날에 갓 시집 온 색씨의 얼굴이 자꾸 노랗게 변하더니, 자리에 눕게 되어 아픈 데를 물었더니…. 아픈 게 아니고 속이 답답하니…. 아버님은 기둥을 잡으시고, 어머님은 문고리를 꼭 잡으시라는 거야…. 그리고는 펑펑 쏘아대는 방구…. 기둥이 흔들흔들, 문짝이 펄렁펄렁, 그러나 그 냄새가 어찌 좋은지…. 새 색씨는 '단방구' 장사가 되어 큰 부자가 되었단다…. 그것을 본 어떤 욕심쟁이는 밥을 함껏 먹고 진짜 방구 냄새를 피우다 사람들에게 매 맞고 거지가 되었다지 뭐냐?"

"그런디 말여, 저 왕봉 밑에 용못이 있지?"

"예, 그려유."

"그 위에 있는 고목나무 밑에는 밤마다 산신령(늑대 또는 여우)이 내려와 앉아 울기도 하는데, 그러면 꼭 동네에 나쁜 일이 생기거든, 엊저녁에도 누군가 그 소리를 들었다지…."

외할머니의 말씀에 나는 이불에 푹 몸을 싸고 외할머니 곁에 꼭 붙어 앉아 숨을 죽였다.

이튿날 나는 왕봉 줄기가 뻗어 내린 낭떠러지 아래 시퍼런 연못(용못)을 힐끔힐끔 살피며 집(본가)으로 돌아갔는데, 명주 꾸리 세 개가 묻힌다는 그 용못에서는 가끔 이무기가 나타나 풀을 뜯는 소들을 물 속으로 끌고 가 잡아먹었다는 이야기가 생각나서였다.

왕봉과 용못, 천년을 묵어 하늘에 오르려다 떨어져 생겼다는 그 웅덩이는 이제 논·밭으로 변했고 그렇게 거대해 보이던 왕봉은 여느 산과 같이 낮아 보이는, 오늘 내가 그리는 그때 그 사람과 옛 외가 길은 아무데도 없었다.

외삼촌과 홍의(洪醫)

서울(경성)서 공부(대학)하던 둘째 외삼촌이 시골에 돌아왔다는 소식을 엿들은 것은 외당숙과 아버지의 대화에서였다.

왜 공부하다 돌아왔는지는 모르지만 살이 많이 찌고 밤에 혼자 마당에 나와 죽도(竹刀)를 휘두르는 게 예사롭지 않다는 것이었다.

그런 외삼촌의 밤 행동은 점차 심해져 이상스런 소리를 내는 가 하면 큰 외숙이 관리임관(官吏任官) 때 받은 환도(還刀)를 방문이나 벽을 향해 휘두르는 등 식구(외할머니와 식모들)들 이 떠는 지경에 이르렀다.

그래서 어머니가 가시고, 서울에서 큰 외숙이 내려오시고, 막내 외숙이 내려오시는 등 집안이 발칵 뒤집혔다.

그러나 그런 고비를 넘기면 평소와 같이 책(주로 영어)을 큰 소리로 읽고 조용히 명상(?)에 잠기기도 했는데, 좀처럼 말이 없고 어쩌다 하는 소리가 엉뚱해 집안사람들은 차츰 정신병 환 자로 여기게 되었다.

그런데 정신병 환자치고는 처음같이 칼을 휘두른다거나 괴 성을 내는 등 거친 행동이 없어지고 그 대신 옷이나 신 같은 것 에 전혀 무신경으로, 여름에 겨울 외투를 입는가 하면 새 구두 가 있는데도 검은 고무신짝을 들고 천연스럽게 일가친척집에 나타나는 것이었다.

"동상, 그 옷 빨아줄게 갈아입어."

우리 집에 오셨을 때 어머니가 그렇게 권함에도 외삼촌은 "아니여, 누님"이라며 막무가내였으며, 마루 끝에 우두커니 앉 아 있다가 슬쩍 가버렸다.

그런 외삼촌은 음식을 만들고 밥 짓는 여자 식모를 내쫓고 대신 외가 총각을 데려다가 식모(?)로 부렸다.

그 식모는 외가의 내 형 벌인 건장한 청년으로 내가 갔을 때 차려 주는 음식이 참 맛있었던 걸로 기억된다.

하지만 외삼촌이 우리 집에 오시면 어머니(여자)가 챙겨주시는 음식은 가리지 않고 드셨다.

그런 까닭에 외삼촌은 자주 우리 집에 오셨고 어머니와 이야기하는 때가 많아, 다른 사람과 같이 경계(의심)하는 기색이 보이지 않았다.

외삼촌이 자주 드나드시던 어느 날, 장에서 돌아오신 아버지께서 명의(名醫) 홍(洪)아무개에 대한 정보를 말씀하셨다.

그의 정신병 원리와 치료는 머리(뇌)에 나쁜 피를 뽑아내고 약을 먹여 정상으로 돌려놓는다는 것이었다.

남이 만든 음식도 의심해 안 먹고 남과는 대화도 나누려 하지 않는 외삼촌인지라 어떻게 홍의를 붙여주고, 설득해서 머리에서 피를 뽑아내고, 약을 먹인단 말인가.

서울에 가 계신 외할머니와 큰 외숙 등 집안사람들에게 홍의에 의한 치료(매우 희망적)를 건의해 동의를 얻은 아버지는, 곧 그 홍의를 불러들였다.

"강제로 해야지요."

"워떻게유?"

"장정 두 사람만 대기시키세요."

홍의의 말에 따라 힘이 센 우리 일가 아저씨 두 사람을 은밀히 사랑방에 불러들인 아버지는 심부름꾼을 보내(어머니가 보냈다며) 외삼촌을 모셨는데, 아 그때의 무자비한 폭력!

50대 중반으로 보이는 건장한 홍의는 방에 들어서는 외삼촌을 다짜고짜 복숭아나무 몽둥이로 온몸을 마구 내려쳐서 실신시키고 머리에 징을 박아 피투성이로 만들었다.

"당신이 사람이요?"

얼마 후 정신이 든 외삼촌은 사뭇 홍의를 꾸짖듯이 대어들었다.

"시끄러! 어서 저놈을 묶어!"

홍의의 호령이 밖에 대기해 있던 장정 두 사람이 달려들어 팔다리를 묶었는데, 그때 외삼촌의 저항은 대단해 다시 홍의의 몽둥이찜이 있고서야 간신히 묶여 굵은 못에 매어졌다.

"누님, 나 살려유."

"동상, 좀 참어."

외삼촌의 목 메인 소리에 어머니는 울먹이는 목소리로 대꾸하면서 밖으로 나가셨다.

"자네는 이제부터 내 말을 잘 들어야 혀. 그러지 않으면 이 몽둥이로 또 칠 거여!"

"죄 없는 사람을 이럴 수 있소? 누님, 주재소 순사를 불러줘요!"

"아니 이눔이!"

홍의가 몽둥이를 들자 외삼촌은 체념하는 눈빛으로 주위를
바라보다가 고개를 숙였다.

"이제 약을 먹어야지!"

"그게 무슨 약인디?"

"자네 병이 낫는 약여."

"나 건강한디…."

좀처럼 말을 듣지 않으려는 것을 장정 두 사람이 달려들어
입을 벌리고 부어 넣는 약은 불그레했다.

이렇게 약 먹는 날이 계속되는 동안 뼈와 가죽만 남은 외삼
촌은 그래도 어머니가 챙겨주는 식사만은 거르지 않으셨다.

그 무렵 동네를 순찰하던 주재소 순사 한 사람(조선인)이 밖
에서 본 우리 집 분위기가 좀 이상했는지 안으로 들어와 건넌
방(외삼촌이 묶여 있는) 문을 열었다.

"당신 누구요?"

"나, K××인디 살려주쇼."

"저럴 수가…."

"나 ××고보에, 치의전생이요."

"그려요? 난 ××고보 출신인디, 당신은 워떻게 이렇게 됐
소?"

"××고보, 내 아우의 모교인디…."

"누구지유?"

"K××, ○회지…."

"아, 알아유. 그 친구."

그 순사는 막내 외삼촌의 동기동창으로 재학 중 잘 통하는 친구였다며 존경스런 눈으로 외삼촌을 바라봤지만, 왠지 묶여 있는 밧줄을 풀어주지 않고 홍의를 불러 잠시 이야기를 주고받더니 훌쩍 가버렸다.

내가 초등학교 3, 4학년 때 일이지만 그때 외삼촌이 순사를 맞아 하던 이야기는 정신병 환자의 그것 같지 않아 지금도 의아한 생각이 든다.

더구나 놀라운 사실은 그 후 외삼촌이 묶인 채로 밤중에 집을 빠져나가 한 달 여 동안 종적을 감췄었는데, 남긴 흔적이라고는 뒷산 소나무 가지에 묶였던 밧줄(천)이 걸려 있었을 뿐 아무리 여기저기 수소문 해봐도 도무지 본 사람이 없다는 것이었다.

혹시나 해서 냇물 깊은 곳을 뒤지고 연락도 했지만 모두가 허사여서, 어머니는 무당을 찾고 절에 가서서 외삼촌의 무사를 비셨다.

그런데 나가신 지 한 달이 훨씬 지나 가을바람이 꽤 선선함을 느끼는 저녁이었다.

식구들이 모여 저녁밥을 먹고 있는데, 밖에서 무슨 소리가 들린다며 나간 동생이 허겁지겁 뛰어 들었다.

"오삼춘여!"

"오삼춘?!"

어머니가 울먹거리며 나가시더니 이윽고 미라 같은 외삼촌
이 어머니 손에 이끌려 들어오셨다.

"이 사람아, 워디 갔다…."

아버지의 반기는 목소리에도 외삼촌은 그저 멀거니 쳐다보
다가 "호랭이!"를 외치며 몸을 부르르 떨었다.

그 후 외삼촌은 고향집(우리 외가)에 돌아가셔서 마당에 땅
굴을 파고 그 속에서 촛불을 켜 놓고 책을 읽다가 돌아가셨는
데, 그것이 6·25무렵으로 나는 기억하고 있다.

수몰전야의 평라리(平羅里)

곰재가 깎여 넓은 아스팔트길이 뚫리고 그 너머 미산(嵋山)
일대가 댐으로 묻히게 되어 선조의 묘들이 옮겨지고 옮겨야 할
처지인 우리(후손)는 우선 도로 확장에 걸린 산소(집 주변)를
이장했다.

이른 봄, 가까운 집안이 고향에 없는 우리는 거기 사는 일가
몇 사람의 도움으로 무사히 이장(移葬) 작업을 마칠 수 있었는

데, 그때 새로 쓴 묘의 상태도 돌아보고 수고한 사람들도 만날 요량으로 우리(막내 동생과 내 아들, 조카 등)는 그 해 가을, 다시 고향을 찾았다.

세 대의 승용차에 나눠 타고 양재동 만남의 광장을 빠져나온 우리는 중간 휴게소에서 간단한 식사를 하고 줄곧 달렸는데, 대천 근처에 닿았을 때는 어둠이 깔리기 시작했다.

"웅천은 얼마 남지 않았지?"

"그렇죠."

"그럼 거기(웅천)에는 ××아저씨, ××가 그 전처럼 마중 나와 있겠구나."

"××요? 참, 형님두, ××는 벌써 죽었는걸요."

"아니 죽다니! 봄 면례 때 그렇게 건강해 보였는데."

"오토바이 사고로 죽었다지요?"

"그럴 수가…."

"참 허무해요. 일가라고는 그 사람뿐이었는데. 그 뿐인가요, 이, ××형. 한 해에 세 사람, 그것도 형제 사촌 간들이잖아요."

"참 하늘도 무심하지, 그 모두가 이르던 착한 사람들 아냐. 그리고 어쩌다 우리가 고향에 갈 때는 마중 나와 반겼는데…."

"그래말요."

"이제 고향에는 아무도 없구나."

동생과 이야기를 나누는 나는 가로등이 비춰주는 웅천 거리가 그렇게 쓸쓸하게 보일 수가 없었다.

우리는 거기(웅천) 사는 조카(사촌의 아들)의 안내로 5년 전에 묵었던 여관에 들었지만 반주로 들어온 술상 앞에는 꼭 있어야 할 사람이 빠져 있는 허탈감에 나는 잠시 멍하니 앉아 "형님, 참 잘 오셨구먼유" 소리를 듣고 있었다.

이튿날 우리는 동생(다섯째)이 사는 옛 고향집을 찾았는데, 거기에는 서울에서 직장 생활을 하시다가 내려가 사시는 일가 아저씨가 계신 게 우리에게는 고마워할 일이었다.

"인제 나 밖에 없어…. 다 죽고 나니, 올 사람도 없고 갈 데도 없어. 밤이나, 낮이나 잠자는 게 일이지."

그래서 아저씨(나이는 나보다 훨씬 아래지만 항렬이 위라서)는 우리가 내려온 것을 반기며 동네 이야기도 해주시고 술집에도 앞장서 갔다.

"우리 오늘은 저 도화담 근처 좋은 집에 가세."

우리가 산소를 돌아보고 오자마자 기다리고 있던 아저씨는 우리를 끌고 곰재를 넘었다.

말이 곰재지 그날의 곰재는 간데없고 까마득히 깎어 내린 낭떠러지 아래 포장도로에는 이따금 살 같이 달리는 차가 보이고 양각산(羊角山) 끝자락을 막는다는 댐 공사장인 냇물 곳곳에는 곰재를 허문 돌덩이들이 작은 산을 이루고 있었다.

"저 양각산(우리 李씨네 산소가 있는 명산) 중턱까지 물이 찬다지."

"옮기지 않으면 배타고 제사 보러가야지 않을까?"

시원스럽게, 마치 남의 일 같이 말하는 아저씨의 언중유언(言中有言)에 우리는 언론에도 보도된 우리 종중의 입장과 시 공자의 견해를 생각했다.

평라리(平羅里) 길에 들어선 우리는 아저씨의 안내로 길가 주막(?)의 문을 두드렸지만, 열려진 사립문, 구멍 뚫린 방문은 굳게 닫힌 채 주인이 없었다.

이어 술도가(양조장), 상점들이 즐비하던 삼거리에는 술도가 자리가 어디였는지 낡은 함석집 몇 채가 조용히 남아 있고, 빈 상점 한구석에서 차(기계)의 부품을 챙기는지 쇠붙이를 만지는 젊은이 한 사람이 우리를 멀거니 바라보고 있었다.

"여기 살던 사람들은 다 워디갔쥬?"

"몰루쥬, 여기는 나 하나뿐유."

아저씨와 젊은이가 이야기하고 있을 때 택시가 스르르 굴러오더니 우리 앞에 섰다.

"대천들 가슈?"

"도화담유."

"타슈."

나는 택시가 달리는 길 양쪽의 그 옛날 M초등학교와 대나무가 우거졌던 염씨네 동네 친구를 생각하고 있었다.

그 옛날 내가 우리 아랫집에 살던 Y형(작고)을 따라 M교에 갔던 일, 곰재를 넘어와 우리 학교(J교)에 같이 다니던 K군(의사) 등….

그러나 학교는 초라한 빈 창고 같고 몇 그루 상징으로 남아있는 대나무 밑에는 마른 게딱지같은 빈집(?)이 버려져 있었다.

도화담에서 오른쪽으로 쑤욱 들어간 곳, 현대식 요정이 거기 있을 줄이야.

얼굴 마담이 나타나고 주문을 받은 안주, 술이 세련된 아가씨의 손에 의해 탁자 위에 놓였을 때 나는 개울 옆 90도 낭떠러지를 바라보며 비탈에 서서 숲을 이룬 나무들의 지혜가 빼어남을 느꼈다.

그를 병풍(배경) 삼아 장사하고 그걸 즐기려 찾아드는 손님인 우리를 비롯하여 사람들은 어디까지 파고들것인가. 파괴, 오염의 찌꺼기를 쏟아내며.

술을 마시고 자리에서 일어서자 주인마담(?)인 30대(?) 여인이 문간까지 따라 나오더니 거기 있는 승용차에 우리를 태웠다.

"머, 가까운 곳이니 모셔다 드리지요."

참 좋은 서비스(아이디어)라고 생각하며 이십여 분을 달려 차에서 내린 우리는 앞서 들렀던 평라리 빈집을 다시 찾아 들어갔다.

그때는 60대(?) 할머니와 40대(?) 여인 두 사람이 아저씨와
는 구면인 듯 스스럼없는 이야기(인사)를 주고받으며 안방(?)
으로 우리를 안내했다.

"늙은이 놀리면 못써!"

"아니 누가 늙은이라고 그려?"

"오늘은 쇄주 잡술라우?"

"그려, 아무거나 어서 내놔봐."

"그려."

아저씨와 60대 주모가 입씨름하는 사이 어디서인지 60, 70대
로 보이는 여인들이 4, 5명 몰려들며 좌석이 시끌법석했다.

"여기 두 분(나와 동생)은 서울에서 왔는디 바루 이 너머(곰
재)가 고향 아닌개벼. 높은 자리에 있다가 정년퇴임한 분들이
니 알아서 혀."

"알어 모시겠슈."

"서울 사람은 별 거간디. 한잔허구 놀아봅시다유."

제 각기 하는 한마디 한마디에는 그런 대로 토박이(고향) 맛
이 있고 솔직한 나름의 생각이 배어 있었다.

뿐만 아니라 구릿빛 얼굴에 패인 주름, 빠져나간 잇발로 김
이 샌 사투리 목소리는 산에서, 밭에서, 논에서 흙과 풀(나무)
과 물에 어우러진 그들의 삶이 그대로 드러나 30, 40년대 고향
의 몰골을 보는 느낌이었다.

술상이 들어오자 말없이 구석에 앉아 있던 40대 여인이 차례로 술을 따랐는데, 권주가는 70대 할머니가 자청해 부르는 바람에 여인들의 야유가 쏟아졌다.

"채신머리없이."

"아이 그러지들 마아. 몸은 저려두 맴은 그렇지 않다니께."

"뭐이, 이 할망구들아. 느이는 젊은 줄 아는디, 말짱 헛소리여!"

권주가를 부른 할머니가 "커어—" 한잔 마시고는 주름 속에 묻혔던 눈에 독기를 뿜어낸다.

"성꿀네두 그러는 게 아녀."

"내가 뭐 워쩌따구 그런 대야."

주모 할머니가 40대 여인을 나무라는 투로 끼어들자, 성꿀네라는 술을 따른 여인이 토라져 구석으로 물러나 앉는다.

"자, 인자 윷놀이나 하자구."

주모 할머니의 제의에 모두가 찬성하며 술상을 옆에 밀어 놓았다.

"에이—!"

"개 잡고 업어!"

등등 법석이면서 연실 술잔을 비우는 여인들을 보며 나는 아득한 옛날의 고향소리를, 그것도 여인들에게서 듣는 감회에 젖었다.

그렇지만 그때의 여인들은 노·소가 농촌과 도시를 막론하고 남성 전유인 윷놀이 등에 감히 나설 수 없었는데, 이제 남성에서 여성으로 또는 남·여 공유로 변한 고향의 모습.

"아주머니는 아저씨, 아들, 딸이 없나요?"

"아들은 서울로 가고, 딸은 시집가고, 영감은 오래 전에 소금 팔러 갔슈."

나와 한 패인 60대 할머니에게 물은 내 말에 할머니는 스스럼없이 대답하며 술 한 잔을 들어 마셨다.

"아주머니들은 모두 이 동네에 사시나요?"

"아뉴. 이 사람은 저기 산밑에 살구, 저 사람은 이쪽 동네, 저 할머니는 곰재 밑에 산다지유."

"그런데 어떻게 이렇게?"

"여기 집은 집이랄 게 못돼유. 젊은 사람은 벌써 나가구 늙은 여자들만 남아 있는디 어쩌다 보니 서로 만나서 애기하구 여기 모여 쇠주두 먹구 친하게들 지내유. 물이 저기 산 중턱까지 찬다는디 그때까지 우리는 여기 이렇게 살래유."

비록 늙은 여인들이지만 그들이야말로 끝까지 고향(수몰지)을 지키는 우리의 어머니임을 생각한 나는 그들이 고마웠다.

그리고 술자리에서 일어선 우리를 따라 나와, 고향 사람이라며 작별을 아쉬워하는 그들의 얼굴에서 나는 수몰되는 평라리의 한을 읽을 수 있었다.

"여보슈, 두 양반."

그 중에서도 우리(나와 동생)를 불러 세운 권주가 할머니는 길가 자신의 대추밭에서 굵은 대추알을 집어 우리 양복 주머니에 수북이 넣어주면서 "선친도 잘 아노라"며 손을 잡고 놓을 줄 모르던 일을 나는 잊을 수 없다.

야학과 농촌진흥회

내가 취학(한문은 퍽 어려서부터 배웠지만) 전이니까 아마 30년대 초 무렵이었는데, 우리 일가 되는 아저씨가 '야학당'을 열어 우리 꼬마를 비롯하여 나이든 누나 형들을 가르쳤다.

야학당이라야 두 세평(?) 되는 좁은 방으로, 우리 집에서 그리 멀지는 않았지만 밤공부를 마치고 혼자 돌아올 때는 무서운 생각이 들어 할아버지(한학자)가 가르쳐 주신 주문(귀신을 쫓는다는)을 크게 외우며 달음박질쳐 집으로 돌아오곤 했다.

그때 야학당에서 배우는 것은 언문(한글)이었는데, 얄팍한 교본이 있어 ㄱ, ㄴ, ㄷ, ㄹ에서 가, 나, 다…로, 거기에 받침을 그 자음(子音), 모음(母音)을 익히는데도 어떤 누나들은 무척 힘이 들어 포기하고, 어떤 형은 고단하고, 새끼 꼬고, 각기 평계를 달아 모두 빠져나갔다.

그래서 몇 안 되는 학동을 위해 분필, 램프(석유), 난방 등 비용(학생이나 훈장이 아닌 누군가가 부담했을)을 염출(捻出)하기가 어렵게 되자 자연히 문을 닫게 된 걸로 안다.

하지만 나는 거기서 한글(언문)을 깨쳤고 초등학교 4학년까지 배웠던 '조선어'가 재미있었다.

'훈장(명예)이냐, 돈이냐(?)', '중국 사신과 뱃사공(?)', '삼년 고개' 등등 일본인 담임선생과 교체해 들어오는 조선어 선생(물론 조선 사람= 한국사람)이 그렇게 반가울 수가 없었다.

"이 놈들아, '숙맥불변'이란 콩숙 자에 보리맥 자인 뜻을 아는감? 도시 애들은 몰라도 느이는 콩과 보리쯤은 알거여."

그 조선어 선생은 매우 부지런하고 머리가 좋아 독학으로 학교 선생이 되었다는 분으로 언제나 2학년, 1학년을 담임했고 창가 시간에는 언제나 '니노미야손또구'라는 일본인의 근검, 절약, 효도를 찬양하는 노래를 가르쳤다.

또 당시 일본인 선생들은 조선 사람이 가난한 것은 게을러서이고, 무지해서라고 우리들을 가르쳤다.

쓰러져 가는 초가집에서 장죽을 물고 나오는 망건 쓴 영감을 희화로 칠판에 그리고, 나온 배(腹)를 쓸며 팔자걸음에 하늘을 올려보는 밥술이나 먹는 양반 이야기 등등….

　몰론 우리 민족에 대한 그런 극단적 편견(경시)은 일본인들의 우월을 과시함에서였는지 모르지만, 그를 구실로 '일본화'에 박차를 가했던 게 소위 '농촌진흥회'였는지 모른다.

　내가 야학당에 나갈 때니까 6, 7세쯤 일인데, 어른들이 흰옷 입고 장에 나가면 먹 총을 쏘아 쫓아버리고 청소 검사를 한다며 집안을 샅샅이 뒤지는가하면, 호구 조사로 항상 식구들의 동태를 감시했다.

　그리고 동네 한 복판에 '농촌진흥회' 회관을 세워 수시로 마을 사람들을 모이게 했는데, 거기서 어떤 일을 의논(?)하고 지시했는지는 모른다.

　다만 어느 날 아버지가 모임에서 돌아오시더니 어머니께 하신 '자기 이름을 K××로 했지'에서 나는 호적에 그때나 지금이나 'K씨'로 되어 있는 어머니에게 이름 두 글자를 새로 붙인 걸로 생각된다.

　그런 모든 일들은 어려서의 일이었기에 일본인이 일으키려던 개화, 진흥운동이 구체적으로 어떤 것이었는지는 모르지만, 우리 60년대에 있었던 소위 '새마을운동' 때의 분위기가 그와 흡사한 내 인상은 지금도 지워지지 않는다.

또개와 체부

예로부터 대체로 시골 인심이 좋은 이유 중의 하나는 널찍한 터에 숲이 있고 냇물이 흘러 자연의 순박미(純朴美)에 길든 마음에서랄까.

어쩌다 찾아오는 일가친척은 말할 것도 없고 지나는 길손이 냉수 한 사발 청하면 어머니는 오히려 고마워 떠다 받치는 모습을 내 어렸을 때 많이 보아왔다.

그 중에도 '또개' 라는 구걸장님이 가끔 우리 집에 들르면 어머니는 무척 반기며 그의 행색에 안쓰러워하셨다.

내가 듣기로는 그 장님은 원래 우리 외가의 일꾼이었던 남정네와 어느 여인 사이에서 태어난 사생아(私生兒)로, 태어날 때부터 눈이 불구였고 부모의 보살핌 없이 버려져 어려서부터 동네를 돌며 구걸했다는 것이다.

그래서 보이지 않은 집집을 돌아다니다 보니 금방 들른 집에도 또 나타나고 해서 사람들이 "또 그 애가…" 하는 소리가 '또개' 라는 이름으로 불리게 되었다는 것이다.

그러나 그 또개가 처음 우리 집에 나타난 것이 언제였는지는 몰라도 나이가 우리 어머니 또래였던 그는 언제나 어머니에게 '아씨' 라는 존칭을 쓰던 걸로 미루어 어머니가 출가하시기 전 외가 신세(?)를 진 구면임에는 틀림없었다.

그런 그는 성품이 아주 착해서 어쩌다 짓궂은 아이들에 의해 놀림을 당하면 사람들은 아이들을 꾸짖어 쫓아주었는데, 어른들이 그를 아끼는(?) 이유의 또 하나는 그가 '퉁소'를 잘 불어서였다.

"여보게, 그 퉁소 한번."

청하면 "뭘, 잘 못 불어유" 하고 사양하다가 그는 마침내 신이 나게 불어대는 그 소리로 동네 사람을 불러모으고, 박수갈채를 받았다.

물론 퉁소 부는 기법(技法) 등을 그 누구에게 오랫동안 배운 것도 아닐 텐데, 그 소리는 사람들의 심금을 울렸다.

"스무 살 신부가 열 살 신랑을 그리는 소리여유…."

곡조 머리에 사설도 곁들이며 더듬더듬 퉁소 대를 잡고 다소곳이 머리 숙인 그는 심오한 예술(노래)의 경지에 몰입하는 모습이었다.

그런데 그는 자기가 태어난 우리 외가 동네에서 많이 벗어나지 않고 가까운 이웃동네 안에서만 구걸했고, 그것도 편지를 배달하는 '체부'에게 물어 알만한 집에만 들렀다.

그때 우리 동네를 담당했던 체부(우체부)는 50이 넘어 보이는 곰보 영감이었는데, 소탈하고 명랑해서 우리 집에 들르면 으레 골방 마루에 걸터앉아 어머니가 차려주신 밥상을 받으며 "아이구 또…, 미안해서 워쩐대유…. 허, 허, 허…." 너털웃음을 쏟아냈다.

"그런디 그 또개는 못 보셨나유?"

"글쎄유…. 지난달에 삿갓재 뒷길에서 만나 퉁수두 불구 그 랬는디. 이 달 들어서는 통 못 봤구먼유."

자기가 태어난 고향에서 멀리 나가지 않고 체부에게서 정보를 얻어 알만한 집만을 찾던 또개는 어디 갔단 말인가.

역시 체부 영감을 통해 그의 행방을 알아보려던 우리 집에는 어쩐 일인지 그 체부 영감은 오지 않고 대신 젊은 분이 편지를 전한다.

"그 E씨는 안 오시나유?"

"그 분유, 가셨슈."

"예!?"

아버지는 오랜 친구를 잃은 듯이 허탈한 얼굴로 젊은 체부를 바라보셨다.

박(朴)영감

해방 후 내가 읽은 단편 소설 중에 《복덕방》이라는 게 있었는데, 그와 비슷한 실제 복덕방이 생각난다.

그것은 내가 살던 서울 청량리 밖 H동 입구에 있었는데, 거기 모인 두 영감 중 한 분이 박영감이었다.

귀가 작고 까무잡잡한 얼굴이지만 젊었을 때는 밉지 않았던 생김새로 그가 말하듯이 종로 목로주점 등에서 인기를 한 몸(?)에 받았음직도 했다.

영감 말마따나 술집에서의 인기란 그제나 이제나 돈이 있고, 잘 생기고, 말주변 등 조건 못지 않게 그런 것들을 뒷받침하는 게 주먹(싸움)인 것이다.

그런 의미에서 박영감은 돈 있는 집안에서 태어났기에 돈이 있고, 얼굴도 반반한데다 끼도 있어 색시들의 인기를 한 몸에 받았음에 틀림없었다.

특히 왜소한 그의 몸을 보완하는 데는 주먹보다 센 '독기(毒氣)'가 있었기에 마시던 술잔을 씹어 상대에 뿜어대면 웬만한 건달들은 혼비백산 줄행랑을 치기 마련이었다니, 그만한 것을 지금의 깡패에 비하면 당시의 어깨들은 퍽 순진했던 모양이다.

그렇게 젊음을 술과 여자에게 날린 박영감은 극기야 빈털터리가 되어 동네 친구인 김영감이 차려놓은 복덕방에 주저앉게 되었는데, 그들의 일상이 또한 재미있었다.

"이놈, 마누라에게 기저귀 차 달랬니? 왜 그런 얼굴야."

"옛기, 이 쫌만한 게….."

"인마, 네놈 덩치 크다고…. 얼어 죽을."

　두 영감의 대화는 온갖 욕지거리로 일관하지만 그것은 싸움이 아니라 친밀감의 표현이었다.

　박영감의 왜소한 몸에 비해 김영감은 엄청난 체구로 목소리도 박영감의 목에 기어드는 소리와는 달리 굵은 소리가 쩌렁쩌렁 울렸다.

　그렇지만 김영감은 언제나 박영감의 조종 아래 자신의 가정 일까지도 처리했다.

　H동이 경성부(서울시)에 편입되기 전 K군에 속해 있을 때, 그곳 공무원이었던 우리 큰 형님을 역시 토박이인 박영감은 잘 알고 지냈다.

　재산은 없지만 김영감을 비롯 K군 H리에 친구가 많은 박영감은 K군 대부분이 경성부청(서울시청)에 편입되어 형이 재무과에 근무하게 되자 더욱 가까운 사이가 되었다.

　그것은 주로 토박이 지주(地主) 친구들에게 형을 소개해줘서 세금 혜택(?)도 받게 하고 자신도 돋보이려는 생각에서였는지 모른다.

　그래서 박영감은 우리 집에 자주 드나들었고, 김영감 역시 'L주사!' 하고 큰 소리로 형님을 불러 씨앗을 건네주며 자기네 땅(우리 집 근처 일대가 그의 땅이었음)에 심으라 권하기도 했다.

　그렇게 모처럼 김영감에게서 얻은(빌린) 땅에 심은 감자가 주렁주렁 알이 불거진 1950년 6월 25일, 우리 식구들은 그 감자를 캐다가 전장(戰場) 속으로 빨려 들어갔다.

이튿날 형은 박영감에게 집을 맡기고 식구를 데리고(나는 다른 식구들과 함께 따라오라며) 떠나셨는데, 복덕방에 나간다며 집을 나가는 박영감은 들어올 때마다 피난민을 데려와서 안방, 마루가 꽉 찼었다.

그것도 젊은 여자들이어서 좁다란 건넌방에 있는 나는 숨을 죽이고 찌는 더위에 견뎌야 하니 총탄이 교차되는 밤하늘을 들창문으로 내다보는 게 고통을 잊는 몸부림이었다.

"할아버지, 인제 양식도 없는데….."

"걱정 말게, 밭에 감자두 있구 또….."

내 말에 박영감은 감자를 캐온다며 밭에 나가는가하면 어디선가 주머니 같은 것을 들고 들어오기도 했다.

"할아버지가 무슨 돈으로….."

"거 돈주고 사오는 게 아닐세."

"그럼 누가요?"

"군인이지."

"군인?"

나중에 알게 된 일이지만 박영감이 들고 오는 주머니(?)는 군인이 차고 있던 것으로, 그는 아군과 적군을 가리지 않고 먹을 것은 모조리 탈취해 오는 것이었다.

그때 나는 '이게 난리구나!' 하는 생각이 들어 적군보다도 무서운 박영감을 피해 서둘러 집을 떠나 피난길에 올랐다.

수복 후 먼저 피난지에서 돌아온 나는 폭격에 날아간 복덕방보다는 그래도 형체라도 남아 있는 우리 집에 살았으리라 생각한 박영감이 영 돌아오지 않음이 아쉬웠다.

❋ 원고를 모집합니다

현대 사회가 고령화사회로 변해가면서 노인문화에 대한 관심이 날로 높아지고 있습니다.

'실버북' 관련 도서를 출판하고 있는 도서출판 〈북갤러리〉는 할아버지, 할머니들께서 쓰신 원고를 모집합니다.

'실버북(Silver Book)' 출판은 어르신들의 젊은 시절 경험과 생각, 삶의 철학 등을 책을 통해 다른 사람들에게 전달하고 대화하는 장(場)이 될 것입니다.

정치, 경제, 사회, 문화, 예술 등 각 분야에서 젊은 시절, 왕성하게 활동해 오신 어르신들의 다양한 정보와 지식을 '실버북 갤러리'를 통해 담겠습니다. 형식에 있어서는 시, 소설, 수필(에세이), 자서전 등 모든 분야를 포괄합니다.

책으로 출판할 분량의 원고를 준비하신 어르신들께서는 도서출판 〈북갤러리〉 편집부로 우편 또는 E-메일, 홈페이지 '원고접수' 란 등으로 보내주십시오. 검토 후 원고에 따라 출판할 수 있습니다.

도서출판 〈북갤러리〉 편집부

전화 : 02)761-7005(代) | 팩스 : 02)761-7995
http://www.bookgallery.co.kr(인터넷 한글주소 : 북갤러리)
E-mail : cgjpower@yahoo.co.kr
(우 150-871)서울시 영등포구 여의도동 14-5번지 아크로폴리스 406호
도서출판 〈BG북갤러리〉 편집부